# INDICES D'ÉCHANGES PASSIONNÉS

GWENOLA KERLAOUEN

*Merci Anne,
notre amitié est d'une richesse et d'une intensité
qui nous seront enviées.
Jamais nous n'avons basculé dans la banalité :
les balades littéraires, les échanges aux cafés,
les réponses trouvées après de bons bains de mer,
les points de vue rarement divergents -
tout était dirigé par le meilleur des sujets,
la quête de l'Amour.*

**« Le sentiment est une mauvaise habitude
dont on ne peut se défaire. »**
*Richard von Schaukal*

© 2021, Gwenola Kerlaouen
Édition : BoD – Books on Demand,
12/14 rond-point des Champs-Élysées, 75008 Paris
Impression : BoD - Books on Demand, Norderstedt, Allemagne
ISBN : 9782322267712
Dépôt légal : Juin 2021

Le sujet est décidément inépuisable... Les monologues intérieurs ont planté le décor dans « Points de bascule amoureuse ». La perspective du narrateur a donné quelques directions dans « Marges de progrès sentimental ». Les échanges dialogués montrent à présent que les conversations peuvent être étonnantes, mais qu'elles ne prennent de valeur que si tout le monde y met du sien, enfin.

Ce n'est pas pour ce troisième volet que j'allais changer le fait que les dessins et les textes n'ont aucun lien. Les uns et les autres ne servent qu'à prouver que tout est toujours possible, entre tous les êtres humains, chaque personne est capable de tout vivre, de tout ressentir, de tout exprimer. Il ne faut surtout pas s'en priver.

Le monologue intérieur, la narration et maintenant des saynètes. Il m'a fallu beaucoup de réflexion pour trouver un format qui me convienne pour cette troisième expérience. Les questions centrales restent les mêmes: Comment parle-t-on à l'être cher? Comment et à qui parle-t-on de sa vie sentimentale? Sommes nous prêts à affronter nos propres manquements? La beauté et la difficulté des relations humaines, plus encore des relations amoureuses, résident dans la parole.

Il est probablement préférable d'avoir lu les deux premiers livres. Si vous les avez lus, vous allez trouver par vous-même qui converse avec qui et j'ai évidemment fait exprès de ne pas vous dire qui est qui. Vous avez peut-être été agacé(e) par la multitude des personnages. Là encore, c'est pour souligner le fait qu'après tout, peu importe aussi qui *est qui. Chacun, chacune est fidèle dans son inconstance.*

*Si vraiment vous voulez savoir qui est qui, je fais confiance à votre intelligence. Votre vie vous a déjà posé suffisamment d'énigmes que vous avez réussi à résoudre, à surmonter même: vous devinerez facilement qui se cache derrière chaque interlocuteur - si vous avez lu les deux premiers livres attentivement.*

*Si jamais vous êtes tenté(e) de ressortir les deux livres précédents pour confirmer vos hypothèses, ce serait un des plus beaux cadeaux qui puisse m'être offert. Malgré leurs formes littéraires différentes, c'est bien une trilogie. A la manière d'un triptyque, chaque livre a sa place et ce n'est qu'en rassemblant les trois œuvres qu'on atteint l'effet et la vibration que j'ai souhaités dès le début de cette aventure.*

*Cette fois, vous n'allez avoir qu'un titre, et un décors planté autour des personnages: je vous laisse de la place pour noter avec votre écriture personnelle les noms des deux protagonistes de chaque échange, juste en-dessous du titre.*

*Vous pourrez consulter les noms des personnages des dialogues dans l'ordre alphabétique à la fin du livre. Cela vous aidera à vous rappeler tout le monde. N'ayez crainte, je n'ai pas poussé le vice à faire paraître un seul personnage dans plusieurs saynètes, même si j'avoue qu'à un moment donné, l'idée m'a traversé l'esprit... Il y a bien treize dialogues et vingt-six personnages, sans parler du personnel hôtelier et hospitalier. Rayez les noms de la liste, les uns après les autres, si vous le souhaitez. Amusez-vous bien en tout cas, à deviner qui est qui dans les saynètes!*

*Cela dit, ce n'est pas non plus indispensable d'avoir lu les deux livres précédents. Si vous êtes vraiment très fort(e) et toujours gagnant(e) au Cluedo, vous trouverez les noms des personnages par élimination, sans avoir lu les livres un et deux! Il arrive, même dans la vie, qu'il n'est pas indiqué de tout savoir, de s'intéresser à ce qui s'était passé avant. Si on se lance dans une nouvelle aventure amoureuse avec quelqu'un, c'est même préférable, sinon indispensable. Ce que votre être cher vous dévoile, devrait vous suffire. Il faut aussi accepter que d'autres histoires aient eu lieu avant que nous vivions la nôtre.*

*J'ai ce rêve que les saynètes de ce livre pourront un jour se jouer sur des planches, que quelqu'un ait envie d'expérimenter, de s'amuser, de changer quelques accords, pourquoi pas. C'est à ce moment-là que l'épreuve de la vérité pourra avoir lieu. Nous ne sommes peut-être pas si différents, après tout. Absolument tout échange humain est d'une valeur inestimable et vaut la peine d'être vécu, même si cela ne nous saute pas aux yeux dès le départ.*

*Que voulez-vous, c'est ainsi, je continue à rêver, je n'en aurai jamais fini de me laisser guider par mon imagination débordante et j'attends les surprises de la vie!*

*J'attends de pied ferme, mais toujours tout en dansant!*

## *UNE RENCONTRE INVRAISEMBLABLE*

*(Dans un bar, une femme, couverte de bijoux clinquants, en robe de couleur anthracite-ardoise presque noire et un homme d'allure de bad boy assis à distance l'un de l'autre, sont les derniers clients. Pas de serveur, ni de serveuse en vue. Chacun plongé dans son verre. Probablement un gin tonic pour elle, un whisky pour lui. Tout en se parlant, ils continuent à regarder leurs verres respectifs. Leurs regards ne se croisent pas.)*

- Tout de même, je ne mérite pas ça. J'essaie juste de survivre. Ne m'enfoncez pas la tête dans l'eau, je viens tout juste de réussir à l'en sortir...
- Je suis désolé, ce n'est plus l'heure pour y aller avec des pincettes. Vous n'avez qu'à vous dire que j'ai eu une mauvaise journée et que ça n'a rien à voir avec vous.
- Mais comment osez-vous me parler de la sorte? Vous ne savez rien de moi... J'avais juste envie de discuter avec quelqu'un. Que voulez-vous, je n'y arrive pas derrière un écran. Je dois bien être la dernière de ma génération...
- Certes. Si ça peut vous consoler, vous n'êtes pas la seule qui a payé les frais de ma brusquerie. Qu'est-ce que j'y peux aussi ? Je ne vais pas me laisser aller juste pour que les femmes cessent de m'aborder... J'ai tellement le choix, il arrive que je fasse tout simplement pile ou face, tellement je

ne sais pas qui régaler d'abord. Mes copains se plaignent qu'ils ne rencontrent jamais personne. Moi, des options, j'en ai trop! Quand j'ai trop de textos, je demande aux femmes qui me les envoient, « Gauche ou droite? ». Je sais que c'est stupide, mais elles répondent toutes. Je me penche sur celles qui disent « gauche" uniquement. Celles qui répondent « droite », ne comprennent pas mon silence après leur réponse. Forcément. Mais à ce moment-là, je suis déjà occupé à faire autre chose... Prendre un verre dans un bar tranquillement, est-ce vraiment trop demander? Je vous le demande! Vous ne pouvez pas toutes me ficher la paix un peu!

- Tout ce que j'ai dit, c'est que je suis drôlement contente que les bars aient pu rouvrir. Et croyez-moi, c'est ce que j'ai dit de plus banal de toute ma vie. Voilà ce qu'elle a fait de moi, la soi-disant pandémie. Elle m'a abrutie à force de ne pouvoir parler à personne. Avant, j'avais de la conversation savante et cultivée. Et les vrais abrutis? Je n'ose même pas imaginer quel genre de fond ils ont bien pu toucher depuis qu'on les a libérés! - Où y sont-ils d'ailleurs? Ils continuent à se coucher à vingt heures?

- Ne vous offusquez pas, je vous en prie. Je ne veux même pas vous raconter de quelle façon j'ai remballé Morgane en vitesse! Et c'était même avant le premier confinement. Vous connaissez Morgane? Parce que tout le monde connaît Morgane de toute façon.

- Comme s'il n'y avait qu'une seule femme à s'appeler Morgane...
- Mais Rozenn avait vraiment quelque chose... Il faudrait que je vous passe le livre qu'elle m'avait offert. Je suis sûr qu'il vous plairait. Moi, je n'y comprenais rien... Mais surtout, ça m'a fait drôle quand-même, qu'elle me tourne le dos. Il m'arrive de penser qu'elle s'est moquée de moi. Aucune femme ne s'était encore moquée de moi. Normalement, elles mangent dans ma main. Tenez, par exemple... *(Il n'ose pas continuer, la femme vient de détourner son regard de son verre pour le regarder en face. D'un regard noir.)*
- Elle sera longue la liste de toutes les femmes qui vous ont couru après? Vous êtes stupide, permettez-moi... Une femme qui vous offre un livre est forcément intéressante. C'est une femme qui prend des risques, elle veut vous faire comprendre quelque chose. Je ne vous comprends pas, à l'âge que nous avons, il faudrait s'intéresser à des personnes qui ont quelque chose à dire. Tant qu'on travaille, ça va encore, les couples ne se voient pas tant que cela finalement. Les deux travaillent, rentrent tard, sont contents de se retrouver pour partager un petit repas. Mais une fois à la retraite, c'est du matin au soir qu'on se coltine l'autre... Et il arrivera bien un jour, ou vous n'arriverez plus à chasser... Finalement, je suis peut-être mieux toute seule. Je ne sais vraiment pas pourquoi je m'obstine à vouloir trouver quelqu'un.
- Oui, laissez tomber.

- Et si je vous faisais la liste des hommes à qui j'ai eu à faire, moi?
- Juste un exemple d'école, pas plus.
- Au hasard, Yannig. J'ai ce petit test pour savoir si j'ai affaire à un homme qui peut m'intéresser. Je m'extasie devant la beauté du ciel et lui demande de quelle couleur il est au moment précis où nous nous promenons.
- Donc, il a répondu…?
- « Le ciel est bleu ciel! »
- En effet…
- Et Fanch…
- Épargnez-moi. J'ai dit un, un seul.
- Quel dommage tout de même que vous n'ayez pas compris quel message subtil elle voulait vous faire passer par ce livre… Comment elle s'appelait déjà, Rozenn? Vous vous rappelez du titre?
- Évidemment que non!
- Offrez-moi un dernier verre et je vous donne le nom de cet auteur indien qui a écrit la nouvelle « La nuit suprême »: c'est l'histoire parfaite à offrir à une femme qui ne vous intéresse pas - tout en lui donnant l'impression qu'il n'y a qu'elle qui vous intéresse, mais que pour une raison précise, cela ne pourra jamais se faire…
- Parce que vous voyez quelqu'un qui pourrait nous servir, vous?!

- Non, en effet. L'intérimaire a dû aller regarder la fin de la onzième saison de sa série préférée... De toute évidence, pour certains, le confinement n'a pas duré assez longtemps!
- Je suis venu boire et dois me contenter de discuter! De qui se moque-t-on?
- Bon, et si on parlait boulot?
- Ah ça, j'adore! Et je peux même vous dire quelles stratégies managériales marchent le mieux!
- Épargnez-moi! Ne me dites pas que vous allez briller avec votre jargon entrepreneurial!
- Vous pouvez dire ce que vous voulez. Il y a des concepts qui marchent!
- Ah bon? Je peux vous affirmer que mes supérieurs hiérarchiques ont si peu à faire dans leurs beaux bureaux qu'ils nous inondent de sigles et concepts inutiles et contre-productifs. Histoire que nous nous sentions différents et corporatistes, donc moins contestataires. Alors que concrètement, dans le quotidien du métier, cela ne change absolument rien!
- Des exemples! Pour le coup, il m'en faudrait plusieurs pour que je vous croie!
- Nous sommes censés former des « cercles polaires »: pôle scientifique, pôle international, pôle commercial...
- Ah, génial, j'adore!

- Cela ne m'étonne pas de vous. Vous en voulez davantage?
- Mais oui, je vous dis oui. *(Ses yeux brillent, il la regarde comme s'il avait ressenti une attirance soudaine.)*
- Nous devons nous retrouver dans des « réunions de bassin »!
- Oh, mais je dois commencer à me noter tout ça. *(Il allume son smartphone et se met à prononcer distinctement tout en mimant à la femme de se taire.)* Prends des notes. Idées réunion régionale. Cercles polaires. Réunions de bassin. *(Il vérifie si les notes ont bien été prises par son portable et le range.)*
- Ça alors! *(Elle est consternée et remue son verre pour voir s'il n'y a pas une goutte qui reste au fond.)*
- Je suis sûr que vous n'avez pas encore tout dit...
- Non, évidemment que non... *(Pause. Elle réfléchit, comme si elle n'était pas sûre de vouloir poursuivre.)* Nous avons des « plans »! On est censés en discuter aux pauses café. Comme ça, nous sommes efficaces, même quand nous nous reposons.
- Des plans Q pour vous détendre, pour ne pas être de mauvaises coucheuses devant les clients?
- Si seulement c'était ça! Je vous parle de plan investissement, de plan pédagogique, de plan expansion, de plan rente, de plan formation... Les plans ont eu raison du communisme, et nous,

nous devons faire comme si c'était la nouvelle panacée.
- Un peu incohérent ces plans, non? Mais remarquez, en général, ça marche drôlement bien: on cause, on cause et on embobine sans vu ni connu.
- Mais moi, je ne veux pas faire partie d'une stratégie managériale aussi foireuse! Parce que vous savez ce que tous ces plans sont censés donner?
- *(Il fronce les sourcils, réfléchit et finit par hausser les épaules.)*
- Une organisation en constellations! Des constellations en circonscriptions!
- Absolument génial, tout ça!
- *(Elle est très en colère.)* Mais vous êtes abruti ou quoi? « Cercles polaires »! C'est complètement givré! À vous faire froid dans le dos de stupidité! Puis, le métier est complètement féminisé: des « réunions de bassin »! C'est absolument infructueux, que peuvent bien pondre des bassins exclusivement féminins? Au collège, vous avez suivi des cours de biologie quand-même... Et les contenus de ces réunions seront divisés en trois parties: pelvis, sacrum et pubis? Non, mais! Des « plans »! Des « constellations »! - Vous ne voyez pas qu'ils se moquent de nous?!
- Ne vous énervez pas, ne soyez pas susceptible à ce point.

- Vous allez me dire que je suis hystérique maintenant?!

*Une très longue pause. Chacun tourne son verre dans ses mains. D'un coup, l'homme se lève et va derrière le bar, les mains appuyées sur le comptoir.*

- *(D'un ton moqueur)* Qu'est-ce que je vous serve, ma p'tite dame?
- La même chose que vous, mais plutôt un quarante ans d'âge! Et dans un nouveau verre…
- Mon œil! Vous êtes sûre que c'est le bon âge? Je vais voir un peu si nous n'avons pas quelque chose dans la cinquantaine plutôt…
- Eh bien, bravo! (*Il cherche parmi les bouteilles, en sort une, la soulève comme un champion de courses automobiles le ferait avec une bouteille de champagne.*) Je ne la secoue pas quand-même, si?
- Quelle question!
- Pour la forme uniquement. *(Il prend des verres à whisky propres et les sert allègrement. Ils trinquent en silence, regardent la couleur du whisky, le sentent chacun à sa manière et ne prennent une gorgée qu'après ce cérémoniel. Long silence à nouveau.)*
- Dites, vous êtes venu en moto?
- Quelle idée! Je ne me fais pas d'illusion, d'ici peu, je n'aurai plus assez de dextérité et de réactivité pour en commander une! Pourquoi encombrer mon garage inutilement?

- Je cherchais juste un sujet de conversation qui d'habitude enchante les hommes…
- Vous pouvez mieux faire.
- Au cinéma ou au théâtre, nous serions arrivés au moment où vous me demandez si on va chez moi ou chez vous…
- Définitivement chez moi. Peu de femmes sont venues chez moi. Mais vous, vous avez la trempe d'une femme qui a droit de venir chez moi. Vous avez faim comme moi. Vous n'êtes pas une de celles qui vous donnent l'impression qu'elles ne mangent jamais rien. J'ai de quoi nous faire un petit encas sympathique.
- Je finis mon verre tranquillement quand-même.
- De même. *(Ils boivent en silence comme s'ils avaient tout le temps du monde.)*
- *(Une fois le verre vidé)* Prête.
- Allons-y, il va commencer par faire jour. *(D'un geste galant, il lui tend une main pour l'aider à descendre du tabouret et de l'autre, il saisit la bouteille à peine entamée pour l'emporter.)*
- Que ce soit clair entre nous, jamais le premier matin!

*(Ils sortent main dans la main avec un léger sourire qui se transforme, en avançant vers la sortie, en regard toute chose.)*

## *COMME DES POISSONS DANS L'EAU*

*(Une femme et un homme sont installés au comptoir du bar du port. De beaux tableaux marins autour d'eux, ainsi que quelques sculptures. Ils dégustent leur café, se prennent par la main de temps en temps.)*

- Quelle bonne idée de venir fêter notre premier anniversaire ici. Cela fait un an déjà que je t'ai vu débouler ici-même: un pêcheur dans les règles vestimentaires. *(Elle regarde autour d'elle.)* Mais, ils sont beaux, ces tableaux… *(Elle se lève et fait un tour des œuvres exposées, s'arrête quand une œuvre lui plaît.)*
- Tu viens, ma chérie? Á moins que tu fasses la fête avec les tableaux et les sculptures?
- J'adore leur expo du moment, ça fait longtemps que je n'ai pas vu de petites merveilles comme ça. Qu'est-ce que ça va bien avec le lieu! *(Elle regagne sa place.)* Mais oui, je suis là avec toi, rien que pour toi.
- Si tu veux, on achète un tableau. On pourra s'acheter un tableau à tous nos anniversaires, tiens! On pourra en faire une tradition.
- Mais oui, excellente idée! Un an déjà et en même temps…
- Tu es sûre que tu ne veux pas qu'on se commande autre chose?

- Certainement pas! C'est autour d'un café que nous nous sommes parlé la toute première fois! A moins que c'était autre chose dans ton souvenir?

- En tout cas, je viens de passer une des meilleures années de ma vie.

- Pourtant, quand on s'est connus, il y a eu des moments, un moment en particulier, où je me suis sérieusement demandé si tu n'allais pas tout stopper. Tu n'avais d'yeux que pour moi et par moments, des peurs paniques. Comme si quelque chose clochait chez moi. Du coup, je paniquais de mon côté et me demandais ce que je pouvais bien faire d'un homme qui semble aller dans tous les sens. Du chaud-froid en permanence. J'avais peur que tu sois bi-polaire, paranoïaque... Que tu partais t'isoler sachant que tu allais débloquer... Dans tous les cas, que tu sois dérangé d'une manière ou d'une autre...

- Tu as raison, il est grand temps d'expliquer. Je ne voulais rien dire jusqu'à maintenant parce que j'avais peur que tu te moques de moi. Mais comme pendant toute une année, tu t'es arrangée à merveille avec toutes mes tares... Tu sais, quand je te dis au petit déjeuner que je lis vite fait les nouvelles sur mon portable, il n'en est rien...

- Oh, là, là, tu me fais peur. *(Elle recule son tabouret pour s'éloigner de lui.)* Je me demande si tu n'es pas le genre d'homme qui annonce à sa famille, femmes et enfants réunis autour du sapin le soir de Noël, qu'il est en train de demander le divorce, juste parce que tout le monde est rassemblé et qu'il veut qu'ils l'apprennent tous en même temps. Et toi - tu te dis, tiens, ça fait un an, je peux lui annoncer tout ce que je veux, elle sera déjà contente qu'on ait pu sortir ensemble une année complète.

- Mais, non! *(Large sourire aux lèvres, il la tire avec son tabouret vers lui. Il manque de tomber du sien.)*
- Enfin, j'ai compris pourquoi tout le monde t'appelle Hardy!
- N'importe quoi! C'est sûr qu'avec Mael, on aimait bien faire nos petits tours quand nous sortions pour attirer l'attention des filles. Du coup, on faisait nos Laurel et Hardy. Sauf qu'au bout d'un moment j'en ai eu franchement marre. Les gens commençaient à ne plus m'appeler par mon vrai prénom! Mais j'avoue qu'un temps ça marchait bien. Quand tu réussis à faire rigoler une femme, le reste est plus simple. Tiens, tu veux que je te raconte quelques exploits?
- Je t'en prie, ne tourne pas autour du pot... C'est pire que tout. Reviens à ce que tu voulais me dire! Si c'est grave, tu le dis tout de suite. J'ai fini de boire mon café de toute façon.
- Tu me fais penser à ma fille! Avec elle aussi - le pire est toujours sûr! *(Il prend ses mains tendrement dans les siennes.)* Elle n'avait que quatre ans quand ma grand-mère est morte. On ne l'avait jamais amenée à un enterrement, même pas par conviction, mais tout simplement, parce que pendant des années, nous n'avions personne

à enterrer. Cela a bien changé depuis... Donc, je dis à ma toute petite fille, « Tu te rappelles que je t'ai dit que ma grand-mère, donc ton arrière-grand-mère, était morte. Ce que je ne t'ai pas dit, c'est qu'il faut que l'on enterre maintenant - ça se passe cet après-midi. » Elle avait un regard que je ne lui connaissais pas. Un sérieux d'une femme adulte, une réflexion d'une grande savante. Un grand silence, tout en me regardant droit dans les yeux. Puis, elle me dit « Bon d'accord! ». Elle tourne les talons, revient avec ses pelles de plage et me dit, « Je suis prête, on peut y aller maintenant. On peut l'enterrer si tu veux! » *(Il se met à rigoler.)*

- *(regard noir)* Accouche!
- C'est simple, quand je te dis au petit déjeuner que je lis vite fait les nouvelles sur mon portable, je regarde mon horoscope! C'est bête, je sais, mais c'est comme ça. C'est plus important pour moi que de savoir ce qui s'est passé dans la nuit ou ce que la politique, l'économie ou même la météo nous préparent. Je me suis toujours dit que tu allais être choquée qu'un homme comme moi, dans ma position, avec mon statut, ma formation, s'accroche à son horoscope. Du coup, le jour où tu m'as annoncé que tu étais scorpion, je t'ai dit que je devais rentrer finir de boucler le dossier compliqué sur lequel je travaillais.
- *(Elle fronce les sourcils.)* Tu te rends compte: j'ai pensé que tu pouvais être pour quelque chose dans le malheur de cette Rozenn qui a été trouvée peu de temps après que tu te sois isolé? Je

trouvais ça vraiment louche, le petit copain qui devait encore être fou amoureux de moi qui me laisse en plan. On aurait dit que tu avais une envie pressante de quelque chose. De tuer, pourquoi pas...

- N'importe quoi!
- Je vais te dire ce qui est « n'importe quoi »! Tu m'as menti à cause de mon signe astrologique?! Moi, j'ai juste pris le pseudo « Lena » sur le site de rencontre, c'est tout, sinon j'ai toujours été franche avec toi!
- Mais oui, parce que tous les sites que je consulte disent la même chose: un scorpion et un verseau, c'est la pire des combinaisons!
- Mais regarde-nous! Regarde, à quel point nous nous sommes bien arrangés jusqu'à aujourd'hui!
- *(Il descend de son tabouret pour se mettre à genoux.)* Excuse-moi, je suis trop bête, je nous ai fait perdre une année entière!
- Lève-toi! On va me prendre pour une espèce de dominatrice!
- *(Il se lève lentement.)* Je t'ai menti et je te mens tous les matins. J'en suis sincèrement désolé, mais il fallait d'urgence que j'aille pêcher ce jour-là. Je n'y étais plus allé depuis le soir où j'avais fait ta connaissance. Je voulais savoir si nous avions une chance d'être heureux ensemble, malgré nos signes astrologiques antinomiques. Le poisson que j'allais pêcher en premier allait me dire si les signes étaient au vert. C'est une autre

de mes lubies, si tu veux, mais contrairement à l'astrologie, je t'assure que la pêche marche à cent pour cent!

- Comment ça, ça marche?
- Je t'assure, ça marche et c'est très simple: je pense très fort à la question qui me turlupine et les poissons m'envoient la réponse, par le poisson qui se sacrifie. En l'occurrence, c'était « Est-ce que c'est la femme de ma vie, même si elle est du signe du scorpion? »
- Et alors?
- Bingo!
- Tu as pêché un poisson clown? Un poisson lune? Un poisson arc-en-ciel?
- Ne te moque pas de moi et ne te fâche pas tout court surtout - avec ce que je vais t'annoncer!
- Allez, dis quel poisson tu as attrapé pour que je fasse mon analyse moi aussi.
- Une vieille! - Du coup, j'ai su qu'on allait rester ensemble..
- Tu m'achètes le tableau le plus cher! *(Elle est sérieusement en colère et lui attrape sa chemise avec ses deux mains. Il n'ose pas bouger. Elle s'adresse au barman.)* Une bouteille de champagne, s'il vous plaît! Nous ne nous contenterons pas d'un petit café finalement...

## *ÂMES SENSIBLES*
## *QUI S'ABSTIENNENT*

*(Une femme et un homme dans un bar. La femme vient d'entrer en boitant, quasiment en titubant. En la voyant entrer, l'homme commande immédiatement deux cafés. On leur sert les cafés rapidement.)*

- *(en faisant la bise)* Pourquoi continuons-nous à sortir? Comme si ça nous avait déjà réussi!
- On dirait que tu boites, qu'est-ce qui t'arrive? Ne me dis pas que tu as déjà bu un coup avant de venir?
- Non, ces temps-là sont révolus, définitivement, fort heureusement d'ailleurs. La cure de désintoxication, je n'aurais jamais réussi à tenir le coup sans tes gentils messages... J'ai juste marché sur un oursin pendant mes vacances...
- Tu as bien fait de marquer ta nouvelle vie avec un beau voyage, mais c'était bien la peine d'aller en Méditerranée, pour te créer d'autres ennuis, tu aurais pu rester ici!
- Oui, si l'eau était plus chaude...
- Mais, tu te soignes? Il y a des crèmes qui font sortir les épines et les médecins peuvent te les enlever avec des pincettes chirurgicales...

- *(Elle met un sucre dans son café et remue longtemps avant de parler.)* Ah, ça, je suis allée voir un médecin!
- Explique un peu!
- Je suis passée chez ma meilleure amie en revenant du sud. Je lui montre la blessure d'oursin qui commence à s'infecter. Elle est catastrophée, je le vois dans son regard, mais elle ne veut pas que je vois sa panique. Elle propose de voir son voisin marin-pêcheur en face. Un homme qui en a vu d'autres. Il parle peu d'habitude, se dit probablement que je suis une petite nature, mais à la vue de ma plante de pied, il hausse les sourcils et déclare, « Ah, oui, quand-même! Je montrerais ça à un toubib! » Là, évidemment, grosse panique à bord, je vois bien que cet homme ne consulte pas souvent... Ma copine prend rendez-vous d'urgence chez son médecin traitant en prétextant que c'est pour elle, il ne m'aurait jamais prise sinon...
- Donc?
- Je me présente au cabinet, telle que je suis. On m'appelle par mon nom écorché d'une très belle voix grave. *(énorme soupir et pause)* C'est Dieu qui m'accueille! Triple flûte alors, elle n'aurait pas pu me prévenir que c'était Dieu en personne que j'allais consulter? J'aurais pu faire un effort vestimentaire, me laver les cheveux!
- Arrête ton cirque, tu es magnifique, les vêtements ne changent rien. Tu ne crois pas que les médecins voient très bien à quoi on ressemble

réellement. A mon avis, ils nous voient nus, même si on est habillés. C'est une déformation professionnelle comme une autre!

- Donc, j'entre dans son cabinet, j'enlève la chaussette et me dis que j'aurais pu frotter un peu plus en lavant autour de la blessure. Dieu me prend le pied délicatement, il y va doucement avec sa pincette pour enlever les épines une à une en me demandant, « Je ne vous fais pas mal? Vous me dites, si je vous fais mal! »

- J'ai failli crier, « Fais-moi mal, Johnny, Johnny, FAIS MOI MAL!!! »

- *(Il éclate de rire, mais se ressaisit rapidement.)* Quoi qu'on fasse, nous deux, on loupe les meilleures rencontres...

- En fait, je veux que les épines me fassent mal. Elles font partie de moi maintenant. A chaque pas de mon pied droit, je *veux* avoir mal! J'aurais voulu garder plus d'épines, heureusement que le médecin n'a pas réussi à toutes les sortir!

- Drôle de coïncidence... En t'écoutant parler de toi, j'ai l'impression que tu parles de moi... C'est l'envie et le besoin de souffrir qui nous caractérisent. On le sait pertinemment, et on n'y peut rien...

- Plus grave encore, mais on en parle à chaque fois, on confond le cœur et le cerveau... Quand il faudrait se mettre à réfléchir, nous avons des sentiments. Et quand nous analysons, nous avons le cœur qui se met à battre la chamade.

- Les autres pensent que nous n'avons pas assez de cœur, alors que nos cœurs sont trop gros!
- *(Elle soupire et met sa main sur son cœur.)*
- Te rappelles-tu, j'ai été franc avec toi. Quand je t'ai contactée sur le site, j'avoue que c'était uniquement à cause de tes belles photos. Que tu es belle quand-même! Je ne sais d'ailleurs pas pourquoi tu as accepté de me revoir. J'ai été lamentable. Je n'ai pas été à la hauteur. Pas du tout à la hauteur!
- Ce n'est pas si grave. La preuve, je suis là!
- En te contactant, je me disais, « Rien à perdre! », elle ne répondra jamais de toute façon, elle est trop belle. J'étais encore très malheureux à cause de Nolwenn... J'avais envie d'avancer. Puis tu m'as répondu. Et nous nous sommes baladés...
- C'était de bonne guerre. J'avais besoin, moi aussi, de voir si j'étais encore capable de me balader avec quelqu'un main dans la main, puis tu as mis ton bras autour de mon épaule... Je crois que tu as compris qu'il ne me faut pas grand-chose pour me convaincre de nous embrasser. Je n'ai jamais envie de réfléchir avant d'embrasser quelqu'un pour la première fois, heureusement que je ne pense à rien pendant non plus, mais après au moins, je devrais me mettre à cogiter. Histoire de ne pas toujours refaire les mêmes erreurs.
- Merci du compliment.
- Mais non, ce n'est pas ce que je veux dire...

- J'ai bien compris. Je suis trop stupide, nous sommes allés trop vite. J'aurais dû faire sortir Nolwenn de ma tête avant de te rencontrer. J'aurais dû faire une pause et ne pas m'inscrire tout de suite sur un site. De toute façon, on aurait dû s'envoyer plus de messages avant de se rencontrer.
- *(soupir)*
- Le dernier message de Nolwenn m'a encore plus déchiré. Je ne sais pas non plus, pourquoi j'ai toujours besoin de lui écrire. Cette fois, il faut que je comprenne qu'il est inutile de lui courir après.
- Veux-tu me lire le message?
- Pourquoi pas... *(Il sort son portable. Il cherche le message correspondant et le lit.)* « Non merci, c'est encore trop tôt pour moi de te revoir. Je pense même que je ne veux plus jamais te revoir. Te voyant bras dessus, bras dessous avec elle, comment veux-tu que je te crois? Les liquides ont remonté jusqu'aux paupières du bas. Nous risquons un débordement incontrôlable qui pourrait entraîner un dessèchement des organes vitaux. Tu comprends certainement, Nolwenn. »
- Aïe!
- Et de ton côté?
- Je ne veux même pas te raconter. Encore un qui a réussi à me faire croire qu'il m'aimait alors qu'il ne voulait que coucher avec moi. À chaque fois,

c'est la même chose: on me désire, mais on ne m'aime pas!

- Penses-tu que le contraire soit préférable? Être aimée, mais pas désirée? Réfléchis bien, es-tu sûre qu'il est moins grave d'être aimée, mais pas désirée?
- Eh bien, présenté comme ça...
- Évidemment, cela n'arrange rien évidemment de savoir qu'ils n'ont pas de sentiments pour toi. Tu le souhaites si ardemment - pour toi, c'est réel... Après ça, tu donnes trop l'impression de vouloir te caser à tout prix, et ça énerve un homme, tu peux me croire. C'est la fuite en avant assurée.
- Nous tournons en rond...
- *(Il lui prend la main.)* On va se balader un peu? Il ne pleut plus, avec un peu de chance nous allons voir un arc-en-ciel!

## *POUR NE PLUS FORMER QU'UN*

*(Deux hommes dans un bar, assis relativement éloignés l'un de l'autre, boivent du whisky. Pas d'autres clients. Une serveuse essuie quelques verres, puis elle se met à lire « Marges de progrès sentimental » derrière le bar.)*

- Vraiment, je suis fier de toi. Tu as fait ton coming out dans les règles.
- En effet, j'en ai eu marre de faire semblant et de décevoir les femmes au passage. J'avoue qu'on n'arrête pas de me charrier sur les chantiers maintenant, tant pis. Je savais bien que ce serait le prix à payer. Mais je suis tellement bien avec Gireg! Il n'y a plus qu'avec toi que je peux prendre un verre tranquillement!
- Oui, plus hétéro que moi, tu meurs... *(Il boit une gorgée.)* Mais décevoir les femmes, c'est un peu l'histoire de ma vie à moi aussi, tu sais...
- La pauvre Nolwenn, parmi toutes, a souffert le plus et je ne peux pas me faire pardonner... Je m'étais donné une toute dernière chance avec elle, juste pour savoir s'il n'y avait vraiment rien à faire. Je n'ai pas été honnête avec elle. Elle qui n'avait rien demandé... C'était malhonnête de ma part. C'est comme si tu avais une MST ou un micropénis et que tu n'en parles pas avant. Ou que tu es dans une secte et que toute ta

communauté de croyants, ou la bande de crédules tout au moins, s'installe avec toi dans le lit…

- *(Il esquisse un sourire.)* Tu me fais marrer…
- Ah bon? - Et toi, comment tu t'en sors?
- Je n'ai pas besoin de toi pour me dire que j'ai un problème. Cette fois, vraiment, j'ai pensé pouvoir laisser derrière moi toutes ces petites histoires sympathiques, mais somme toute insignifiantes, et me lancer dans la dernière, belle et grande histoire d'amour. En effet, je rencontre une femme qui est parfaite!
- Tu ne veux pas me dire son nom? Je la connais? On ne sait jamais!
- Non, cela ne sert à rien que je te le dise, nous ne sommes plus ensemble. Je te fais une grande confidence, ça ne te suffit pas? Bref, même mon chien l'adorait. Si par le passé, je ne réussissais pas à me faire une idée de la personne à laquelle j'avais à faire, je me fiais à mon chien. L'instinct d'un chien de race, il n'y a rien de tel! Tu sais, un chien de race pure, comme lui, ça vaut tout l'investissement. Pour vouloir s'installer avec quelqu'un il ne suffit pas que ça se passe bien au lit, tu le sais bien, toi aussi. Tout a son importance. Avec elle, c'était incroyable: le chien qui a envie de se coller à elle sur le canapé quand je prépare les cocktails, le chien qui court après les bâtons qu'elle lui lance avec plus d'entrain que lorsque c'est moi qui m'en charge, le chien qui veut bien qu'elle le tienne en laisse et évidemment le chien qui n'arrête pas de remuer

la queue… On aurait dit que mon chien était le sien. Ou alors que c'était l'enfant que nous avions en commun. La perfection, je te dis.

- Alors! Que te faut-il de plus?
- Tout allait bien jusqu'à ce que nous nous rendions à l'évidence qu'elle écoutait *Intel* et que je regardais *Untel*. Tu vois, à la prononciation, c'est exactement la même chose, mais entre ses émissions radio et mes programmes télé, un monde entier nous séparait. Je ne comprends pas. Vraiment, tout allait bien. On n'était même pas un duo, on était en symbiose. Un état que je n'ai jamais connu avant, malgré toutes les tentatives précédentes. C'était une chose qui ne se commande pas, qui ne s'explique pas, tellement, c'était parfait. Une étroite union parfaite. Et puis, elle met la radio… Elle se met à me bassiner avec ses idées de fin de monde, d'alerte extinction, de grand remplacement.
- *(En direction de la serveuse, qui les sert rapidement.)* Deux autres, s'il vous plaît.
- Tiens, tu as des nouvelles de Gwen? C'était un pilier ici et il amenait toujours une bonne ambiance avec lui.
- Personne n'en a. Il se dit qu'il a quitté la région à force de ne croiser que des « cas » comme il disait.
- Dans ce cas, je lui souhaite bonne chance. Comme si c'était mieux ailleurs…
- En effet.

- Ici au moins, nous avons nos soirées dansantes.
- Mais oui, pourquoi vous aimez tous à ce point aller danser? Je ne danse pas, je ne fais qu'observer à partir du bar, mais je vois bien que vous vous éclatez...
- Tu as tort de ne pas danser. Moi, quand je danse avec une femme, je sais tout d'elle. En particulier, je sais si une relation intime est possible entre nous. Pour être tout à fait franc, j'ai déjà un avant-goût des ébats. Ma façon de la prendre par la main, sa façon de la saisir. Sa façon de me regarder quand je la fais tourner, et mon regard qu'elle interprète. La distance qu'il y a entre nous en dansant a son importance aussi. Une femme qui s'éloigne trop en tournant, soit elle ne veut pas de moi, soit elle veut que je lui coure après. Puis, si je l'envoie tourner plus loin, c'est que je veux mieux admirer ses jolies jambes ou bien jusqu'où sa jupe remonte en tournant. Certaines s'en rendent compte, d'autres, non. Elles sourient, ou elles rigolent, là réside toute la différence et également toute la subtilité. J'en apprends sur moi-même aussi. En soirée latino, alors qu'on peut maîtriser plusieurs danses, il y a des filles avec qui j'adore danser la salsa, avec d'autres, le chachacha ou avec encore d'autres, le paso doble. Le but suprême, c'est l'unisson, la synchronisation, l'union. C'est lorsqu'il y a deux danseurs et une seule unité. Même une kizomba ne ressemble à aucune autre. Soit vraiment, j'ai envie de coller une fille, soit, je mets de la distance. Mais là encore, tout ça ne veut rien dire

du tout et pourtant, cela s'entend de soi. Il m'arrive de bien coller une femme parce que je ne veux rien d'autre, mais j'ai au mois envie de profiter du moment. Il se peut que je voie que la femme est en manque et par respect, je lui permets de passer un moment agréable en soirée. Mais il arrive que je ne colle la femme absolument pas du tout parce que j'ai envie de plus justement. J'ai envie de faire durer le plaisir pour elle autant que pour moi. Je vais la chercher plusieurs fois dans la soirée, et dans les meilleurs des cas, elle vient vers moi, elle aussi. J'ai envie d'y aller très doucement pour justement savourer absolument toutes les étapes. Je peux danser une seule fois avec une femme comme si nous étions en couple, mais lorsque je danse plusieurs fois avec une autre, je fais monter la tension entre nous deux. Cette fille-là ne comprend pas pourquoi je ne la colle pas comme celle avec qui je n'ai dansé qu'une seule fois. Ce sont des moments absolument exquis, de pouvoir admirer grandir cet échange qui se transforme en désir. Il y a des femmes qui ne me font absolument aucun effet, alors qu'elles sont jolies, mais je profite de danser avec elles pour m'entrainer: j'enfile toutes les passes que je connais, les unes après les autres, comme si je révisais, comme si c'était la répétition générale ou alors une remise en forme. Parce qu'au contraire, il y a des femmes qui me font perdre absolument tous les moyens et dans ce cas, il valait mieux que je révise avant. Même des passes les plus basiques, j'ai du mal à m'en souvenir avec une femme qui me fait de l'effet.

Ces femmes-là ont une électricité qui décharge mon cerveau. C'est du magnétisme pur. C'est exactement cela que je recherche. Une bonne rencontre en soirée, c'est précisément cet effet-là qu'elle me fait.

- Je suis impressionné. Tu ne te paies pas ma tête là?

- Absolument pas! Moi, il me suffit d'aller danser. Je dois avoir beaucoup de chance. Je n'ai pas besoin de faire confiance aux algorithmes. D'exposer mes photos. De remplir des questionnaires n'en plus finir pour calculer un hypothétique taux de compatibilité. Je t'assure, une seule danse et je sais tout. Tout au moins, je sais tout ce que je veux savoir.

- Chapeau!

- En même temps, je t'assure, il arrive que je doive me débarrasser de certaines femmes. Des femmes qui se font des illusions...

- Avoue que tes signes ne sont pas très clairs non plus. Si tu colles une fille et que tu ne veux rien, comment veux-tu qu'elle comprenne? Elle est pour ainsi dire obligée de mal interpréter.

- Bien sûr, il y a des dégâts collatéraux. Les soirées sont devenues des terrains minés pour moi. Je sais pertinemment de qui il ne faut absolument plus m'approcher.

- *(Il prend un regard inquiet.)* Quand tu dis qu'il faut que tu te débarrasses de femmes qui interprètent mal, que veux-tu exactement dire par là?

- *(Il éclate de rire.)* Ne va pas croire maintenant que j'ai quoi que ce soit à faire avec la dernière disparition ou les deux malheureuses qui ont échoué sur nos belles plages!
- Tu peux dire ce que tu veux maintenant, le doute est installé!
- Je peux même t'avouer ici, que je voulais commencer un beau petit flirt avec Rozenn avant qu'elle ne disparaisse. Et Sterenn, quel gâchis! Une femme magnifique comme elle, nous n'en avons pas beaucoup en soirée... Sais-tu si elle est toujours en soins intensifs?
- Hélas. Elouan doit être à son chevet en ce moment même. Il n'a fait que des bourdes sur le chantier toute la journée, nous avons fini par lui interdire de conduire les engins! Et toi, tu m'inquiètes aussi...
- Ne fais pas cette tête! J'aime mes danseuses attitrées. Nous en avons tous quelques unes en stock. Avec elles, rien ne se passera jamais, on aime juste bien danser ensemble. Que de moments de danse sublimes. Comme avec Morgane, cette douce rêveuse. Elle a toujours la tête dans les nuages, mais les pieds bien sur terre quand elle danse. Qu'est-ce qu'elle danse bien cette fille, mais ça s'arrête là! Cela dit, il ne faut plus qu'elle ouvre la bouche. Qu'est-ce qu'elle peut être insultante! Il y a des façons de me parler et d'autres à éviter...

- Qu'est-ce qu'elle a bien pu te dire?
- *(Il finit son verre.)* Que si les attributs d'un homme sont bien indirectement proportionnels à la taille de sa voiture, ma façon de danser doit probablement être indirectement proportionnelle à ma performance aux ébats!

## *LA MÉMOIRE QUI FLANCHE*

*(Un homme et une femme à l'hôpital. La femme assise dans le lit médicalisé, en chemise de nuit fournie par l'hôpital, l'homme assis dans une chaise près d'elle, un sac en papier à ses pieds. Aucun contact physique entre les deux, mais beaucoup de bienveillance dans la voix de l'homme. Un très beau bouquet de fleurs de toutes les couleurs sur la table de nuit. La femme parle lentement, comme une personne qui parle dans une langue étrangère et qui doit réfléchir à la syntaxe de la moindre phrase avant de la prononcer. Elle fronce souvent les sourcils dans l'espoir de se souvenir.)*

- Je vous remercie d'accepter ma visite. Vous êtes encore faible, mais j'avais besoin de vous voir. Depuis que je vous ai sortie de l'eau, je ne pense plus qu'à vous. Comme si vous étiez ma fille. Je suis désolé de vous dire ça, mais nos destins me semblent liés à présent.

- Ne vous inquiétez pas. Je vous remercie même. Je crois que j'ai assez dormi pour un bout de temps. Vous m'avez sauvé la vie d'après ce qui m'a été expliqué. Sans vous, je serais morte, tout le personnel me l'a dit. Même le médecin qui m'a opéré… Je n'ai toujours aucun souvenir de qui je suis, alors pensez bien que je ne sais pas davantage qui est de ma famille. Vous ferez très bien l'affaire en attendant!

- *(Il sourit.)* Merci!
- Mais désolée, je n'ai aucune idée de ce dont nous pouvons discuter. Je m'étonne déjà d'arriver à parler...
- Ne vous inquiétez pas, moi non plus, je ne sais pas de quoi nous pouvons parler. Nous ne savons rien l'un de l'autre. Mais parlons déjà et nous verrons bien où cela nous mènera. - Avant que j'oublie, je vous laisse mon numéro. *(Il pose sa carte de visite à côté du bouquet.)* Vous avez le droit de m'appeler quand vous voulez. Comme un membre de famille très proche. Si vous voulez, la prochaine fois, je viendrai avec un carnet et vous me direz ce que je dois noter, je peux aussi bien être votre secrétaire. Les souvenirs reviendront peut-être plus facilement comme ça. En tout cas, moi, depuis que je tiens des carnets, ma vie est plus organisée...
- Est-ce que c'est vrai qu'une autre femme que moi, également trouvée sur une plage, est dans le même service et toujours dans le coma? J'ai entendu les infirmiers en parler alors que je faisais semblant de dormir. Vous vous rendez compte, il faut que je ruse, pour savoir ce qui se passe dans le monde extérieur!
- Je n'en sais rien, mais je peux me renseigner, si vraiment vous y tenez. Si jamais c'est vrai, je peux vous dire que je suis content que ce n'est pas moi qui l'ai trouvé! - Comment j'aurais pu

l'expliquer au gendarme qui m'a toujours à l'œil.
- Comment explique un parent maltraitant que son bébé est tombé du plan à langer pour la deuxième fois?

- Je n'en sais rien. Je ne crois pas que j'ai eu des enfants... *(Elle semble soudainement très inquiète, probablement à l'idée d'avoir des enfants sans se souvenir d'eux. Raison pour laquelle elle change rapidement de sujet.)* Comme ces fleurs sont belles. *(Elle les regarde.)* Vous avez dépensé une fortune pour une inconnue. Qu'est-ce qu'elle doit avoir comme bouquet, la femme que vous aimez!

- Détrompez vous... Je n'ai pas été très attentif, ni avenant jusqu'à présent... Je dois vous avouer que j'ai déjà pu être qualifié de « beau salaud », de « goujat »... *(Il voit l'effet tonifiant qu'il a sur la femme avec ces insultes et continue sa liste, prononçant chaque qualification comme s'il dégustait un bon vin.)* ...rustre, malotru, butor, pignouf, maroufle, sauvage, pauvre malade et le pire, gougnafier!

- *(Elle rit.)* Merci de me faire revenir autant de vocabulaire... La vie reprend sens d'un coup!

- Des souvenirs précis?

- Je crois que j'aimais aller danser. J'ai dû avoir un lieu préféré pour aller danser... J'ai l'impression que ça me procurait un plaisir tout particulier, un sentiment de légèreté, de liberté, de... *(silence)*

- Ne vous inquiétez pas. Tout ne peut pas vous revenir d'un coup d'un seul! Vous étiez en tenue de soirée quand je vous ai trouvée. Très belle robe, par ailleurs! La veille, il y a bien eu deux soirées, une latino et une rock. Vous avez échoué en plein milieu pour ainsi dire. Je suis en train de mener ma petite enquête. J'ai sincèrement envie, besoin même, de vous aider…

- Hmmm.

- J'ai l'impression que vous avez envie de réfléchir, de rester toute seule. D'ailleurs, l'infirmière ne va pas tarder à venir me chercher, elle m'a interdit de rester longtemps…

- Mais reviendrez-vous?

- Bien sûr que je reviendrai. Et pas les mains vides, une fois de plus! Me permettez-vous de vous acheter quelques vêtements de nuit? *(En faisant un geste de haut en bas avec sa main en direction de la patiente.)* J'ai bien l'impression que vous méritez mieux que ça!

- Oh, avec le plus grand plaisir! Ces chemises sont flippantes, je ne pense en effet pas que je m'habillais comme ça avant… Vous avez la liberté totale pour le style et pour la couleur. Vous vous rendez compte, je ne me rappelle même plus quelle est ma couleur préférée! *(Elle prend le vase en main.)* Je me rappelle tout juste les noms des couleurs; rose, blanc, rouge, lilas, orange…

- Continuez, vous pouvez mieux faire…

- *(Elle respire très fort, prend tout son temps et se concentre très fort.)* Fuchsia, parme, garance, grenadine, mimosa, améthyste.

- Bravo! *(Il lui prend le vase des mains, elle commençait à trembler légèrement, pour le reposer sur la table de nuit.)*
- Merci de votre patience et confiance.
- Je ne sais pas de quoi vous parlez... Ah, j'ai failli oublier, puis je ne savais pas si vous alliez être en état de lire. Je suis rassuré maintenant. *(Il sort un livre d'un sac en papier).* Je vous ai pris ce livre au kiosque en bas, je ne sais pas ce que ça vaut, mais si vous vous ennuyez...
- *(Elle lit très lentement)* « Points de bascule amoureuse »... *(Elle pose le livre sur la table de chevet.)* Merci!
- Je vous achèterai donc plusieurs petites choses de toutes les coupes et de toutes les couleurs, vous verrez bien à ce moment-là ce que vous préférez.
- Ne vous lancez pas dans des dépenses inutiles...
- Vous savez, j'ai été radin toute ma vie, un vrai pingre! Toujours près de mes sous... Et pour quelle finalité? Avoir de l'argent au point de ne plus pouvoir tout dépenser avant de clamser. Quel con, vraiment! Depuis la mort de ma femme, il m'est arrivé de me faire entretenir par des femmes qui étaient nettement plus dans le besoin que moi. Ou alors, je faisais attention à ce que les additions soient divisées à parts égales, alors que vraiment, j'aurais pu régaler sans me priver. - Et ma femme? Fallait que j'exige qu'elle m'explique la moindre dépense... Je veux me soigner en m'occupant de vous, c'est tout!

- Oh là, là! Je ne sais même plus quelle taille je fais!
- Ne vous inquiétez pas. À mon avis trente-huit ou quarante, en fonction des coupes et des marques.
- Monsieur a l'habitude de rhabiller les femmes? *(Elle sourit, contente d'avoir réussi une phrase ambiguë.)*
- *(sourire en retour)* Disons que je l'avais. Mais rassurez-vous, moi non plus, je ne suis plus le même homme.
- Je manque certainement de discernement pour l'instant, mais je pense que votre fond a toujours dû être bon.
- Si vous le dites, mais lorsque l'on dit « le fond de l'air est chaud », il peut tout de même faire sacrément froid... *(Il se lève de sa chaise.)* Je ne veux pas vous fatiguer davantage et puis, j'ai des courses à faire.
- Merci pour tout. Je ne sais pas comment vous remercier un jour...
- Aucunement, c'est vous qui m'avez sauvé. Ma vie commence enfin a avoir un sens.
- Vous m'expliquerez ça plus tard, j'ai envie de trier le bazar dans ma tête avant de me pencher sur le vôtre... *(Elle sourit, fière d'elle d'arriver à parler sur un ton d'humour.)*
- Juste une dernière question avant que je parte: vous êtes plutôt chemise de nuit ou pyjama?

## *VAINS REGRETS*

*(Une femme et un homme dans une chambre d'hôpital. Elle est allongée dans le lit, inconsciente et la tête emmitouflée de bandages, plusieurs plâtres sur les membres, entourée de machines et d'un homme qui lui tient la main. Il a la tête enfoncée dans le creux que forment le torse et le bras inanimés de la femme.)*

- *(Il vient de relever la tête.)* Je suis désolé, qu'est-ce que je suis désolé! Je ne me pardonnerai jamais de ne pas avoir décroché. Mais tu sais bien, quand je fais un tour en moto, je refuse tous les appels. Je ne sais pas ce qui m'a pris, j'avais bien vu que c'était toi qui m'appelais. Tu ne m'appelles jamais un dimanche. J'aurais dû me douter que c'était important ou grave, que tu avais besoin de moi d'urgence... On s'appelle toujours à l'approche du weekend pour savoir où on peut sortir. Un dimanche après-midi, on ne peut pas vraiment dire que c'est à l'approche du weekend...

*(Long moment de silence.)*

- Ma pauvre, dans quel état tu es, tu étais si belle et si tu te voyais maintenant! *(Une des machines se met à biper. Il se lève en trombe et court dans le couloir pour crier.)* Infirmière! Venez-vite! Au secours!

- *(Une infirmière au pas de course entre avant lui.)* Arrêtez de crier, nous sommes en soins intensifs, il faut garder le calme! *(Elle effectue quelques vérifications. Sur la patiente d'abord, sur les machines ensuite. Elle attend que les écrans de contrôle ne signalent plus aucun danger.)* Vous savez, il faut avoir du silence ici et toutes les machines que vous voyez, sont interconnectées, nous avons des écrans de contrôle. Avant que ça se mette à biper ici, nous constatons déjà une anomalie sur nos écrans centraux.

- Merci. Bien sûr. Je suis désolé. Je n'ai pas l'habitude de venir à l'hôpital, vous savez.

- J'en ai bien l'impression. Je vous laisse, mais restez juste encore quelques minutes. Essayez d'apaiser la patiente. Parlez-lui de bons moments passés avec elle. *(Elle ressort.)*

- Je suis tellement désolé. J'ai déjà l'impression que je suis à l'origine de tous les maux de corps de Morgane. Nolwenn est toujours fâchée à mort, alors que nous sommes restés ensemble pendant quatre ans. C'était de bonne guerre, on aurait préféré tous les deux sortir avec quelqu'un d'autre: elle avec Gireg et moi juste avec quelqu'un d'autre... Il n'y a qu'à Lena que je réussis à faire du bien... Et encore... Est-ce que j'aurais-pu t'aider? T'éviter ce que tu endures maintenant si j'avais décroché le téléphone?

*(Long moment de silence.)*

- *(à voix basse)* Bon, de quoi je peux parler? Quel sujet te faisait du bien à évoquer? Je devrais peut-être te chanter quelque chose, mais là, je n'ai vraiment rien d'adapté dans mon répertoire... *(Il reprend sa voix normale.)* Tu disais toujours qu'il suffit de choisir un joli sac pour que les hommes te remarquent. Je n'ai pas osé te le dire par peur que tu te mettes en colère, mais crois moi, un sac ne change absolument rien du tout pour un homme, ce n'est pas un détail physique, juste un sac!

*(Un bip léger. Il se lève, mais la machine reprend normalement. Il se rassoit.)*

- Est-ce que tu sais que ce sont les soldes depuis hier? Est-ce que cela te ferait plaisir que je fasse un tour dans tes magasins préférés, que je prenne en photo quelques sacs pour te les décrire ici et te dire à quel pourcentage de réduction ils sont maintenant? Tu essaieras de me faire savoir quel sac t'acheter?

*(Plusieurs machines se mettent à biper, plus fort que précédemment. L'infirmière arrive en courant.)*

- Prenez une boisson et un encas à la cafétéria, Monsieur. J'ai l'impression que vous énervez la patiente plus que vous ne l'apaisez. Réfléchissez là-bas à ce que vous pouvez lui dire de gentil pour l'aider à sortir de son état.

*Il est au bord des larmes. Un petit enfant apeuré et désorienté. Il sort, les épaules rentrées. Il jette un dernier regard vers elle et sort en sanglots.*

## *Ô, LA BELLE HISTOIRE*

*(Une femme et un homme dansent la fin d'un slow et entament une valse dans leur salon. Musique de jazz et standards américains tout au long de la scène. Ils sont sur leur trente et un, beau costume et belle robe longue. Quelques bougies par terre pour délimiter la piste de danse improvisée. Les meubles sont repoussés pour faire de la place. La porte de la chambre est ouverte.)*

- *(Ils arrêtent de danser et se dirigent vers le canapé.)* Mais dis donc, ton bouclier magique s'est dissout pour de bon! Il s'est transformé en ailes, ma chérie! Tu t'es fait pousser des ailes! Nous allons finir par nous envoler... Il est grand temps de s'asseoir un peu!

- Tu te trompes, ce n'était pas un bouclier, mais une carapace... Et il y a bien eu une mue... Grâce à toi!

- Si j'y pense, à cause de toutes ces femmes qui me couraient après, j'ai failli ne pas te voir, toi! - Les bars sont fermés, les soirées annulées, qu'à cela ne tienne! Nous ne sommes pas bien tous les deux-là?

- Un bonheur que je n'imaginais plus avoir le droit de connaître...

- Que le nabuchodonosor que nous voulions partager avec Awena, Katell, Morgane, Ronan,

Elouan et Aodren se repose encore un peu... Ils sont toujours tous verts que nous nous arrangions aussi bien... Je n'ai pas fait de pari, mais on va les régaler quand-même.

- Nous ne sommes pas les seuls à avoir eu de la chance, rappelle-toi! Si nous invitons Katell, il faut aussi que nous invitions Denez. Si nous invitons Awena, il faut aussi inviter Loig. Si Aodren vient, Gireg viendra aussi. S'il y a Ronan, il y aura aussi Solenn. Du coup, il faudra trouver deux autres personnes pour que Morgane et Elouan ne se sentent pas tous seuls ou que l'on ne leur donne pas l'impression que nous voulons les caser l'un avec l'autre...

- Mais remarque, Elouan et Morgane, c'est un cocktail osé inouï qui pourrait bien marcher!

- Bon, ce n'est pas à nous d'en décider. Mais gardons-les à l'œil, l'un pour l'autre.

- Oui, nous allons être nombreux. En effet, je vais organiser un autre nabuchodonosor... Et plutôt que de faire les canapés nous-mêmes, nous allons faire appel à un traiteur!

- Oui, absolument. Mais que c'est triste, plus moyen de voir ni famille, ni amis avant - va savoir quand!

- Je me demande sérieusement comment nous avons pu échapper à ce virus. Tu ne vas pas me dire que Katell et Denis n'ont pas respecté les gestes de barrière en dehors de leur foyer! Et Awena et Loig, non plus. Le même variant, et les conséquences totalement différentes! Awena nous a bien écrit que Loig est passé par la réanimation à l'hôpital, alors qu'elle a réussi à s'en sortir à la maison avec de la propolis! Katell qui n'a toujours pas d'odorat, depuis cinq semaines! Et Denis qui s'en est sorti avec « un petit rhume » sans toux, alors que Loig a craché tous ses poumons...

- Tu vois, tant mieux, par respect, nous allons attendre de toute façon pour ouvrir le champagne. Sinon, on sert un jus de pomme pétillant pour Katell et Denis, si c'est pour ne pas voir de différence...
- Toujours, le bon petit mot d'esprit, toi. Et le bon sens pratique. C'est bien, ma chérie, nous n'allons jamais tomber en surendettement.
- Et si on invitait aussi Enora?
- Enora? Elle est capable de tout: dès son arrivée, de relever le niveau d'une soirée ou la plomber complètement... Je ne suis pas sûr que ce soit une bonne idée. Un tout petit peu risqué, mais si cela te fait plaisir...
- Nous verrons bien. De toute façon, ce n'est toujours pas le moment de lancer les invitations. Mais ça fait du bien de se projeter sur le fameux après.
- Et si on invitait Fanch?
- Fanch? Il y a des chances qu'il ait déjà couché avec toutes les femmes qu'on invite. Une autre bombe qui dort ou qui explose!
- J'avoue...

- T'ai-je dit que Morgane se sort d'une forme sévère du virus? La pauvre, déjà qu'elle était en dépression. Elle voulait tout juste reprendre son travail au moment où elle reçoit son dépistage positif! La maladie physique qui enchaîne sur une maladie morale et psychique... C'est comme si son premier arrêt maladie n'avait pas suffi à son corps pour se rétablir!

- Mais ne trouves-tu pas que cette pandémie n'est qu'une vaste loterie? Qui investit combien pour mettre toutes les chances de son côté pour ne pas tomber malade? Qui a envie de protéger les autres plus encore que lui-même? Qui a le bon numéro? Qui participe à quel jeu - à quel variant? Qui fait tout dans les règles de l'art, à jouer toutes les semaines le même numéro et ne gagne jamais rien pour autant? Qui ne dépasse pas un certain montant pour ne pas devenir accro? Qui est suffisamment intelligent pour ne pas jouer du tout à un jeu où il a plus à perdre qu'à gagner?

- Mais oui, tout à fait.

- Même les réactions à l'annonce de la positivité ne sont pas les mêmes. Ça va du catastrophisme au « Tant mieux, comme ça, je ne peux plus l'attraper et cela me donnera une première petite immunité en attendant les vaccins qui n'arrivent pas de toute façon. » Puis, comment gérer cette petite période d'isolement? Est-ce que l'on vit dans une peur panique que la situation s'aggrave ou est-ce que l'on est capable de lire quelques bons petits bouquins. C'est peut-être au moins à cela que les confinements nous servent: être face à soi-même et enfin arriver à faire quelque chose de bien de nous-mêmes, même dans des situations angoissantes.

- Hmmmm.
- Tu es bien silencieux, mon chéri!
- Je ne fais que t'écouter, Bébé. Tout en t'écoutant, je me dis que cette pandémie n'est qu'une métaphore de l'amour... Une loterie, comme une autre. C'est exactement la même chose! Dans un sens inverse, peut-être, mais c'est vraiment la même chose! - Qui investit combien? Pendant combien de temps? À quelle régularité? Toujours la même somme, le même entrain? Ou de temps à autre, un peu de relâchement, de pause, de réflexion, pour remettre les compteurs à zéro? Qui a le droit de tomber amoureux tout court? Qui saisit la chance lorsqu'elle se présente? Qui panique quand il voit un tirage exceptionnel à se dire « de toute façon, cela ne pourra pas être pour moi »? Qui fonce d'autant plus? Qui se blinde pour ne pas être tenté? Qui s'en sort comment? Qui tombe malade ou amoureux si tu veux, près de chez soi, alors qu'on dit que « ça ne circule plus activement dans cette région » et qui a parcouru le vaste monde plusieurs fois, sans pourtant trouver l'âme sœur?
- Un amoureux philosophe! J'ai le bon numéro! *(Elle lui colle un énorme baiser sur la bouche, il se laisse faire, reste passif.)*
- Soit! Mais avoue qu'une discussion comme celle-là, entourés d'amis, nous profiterait encore plus...

- Cela dépendra de la dose qu'ils prendront.
- Ne t'inquiète pas, nous allons tous être tellement en manque! Bon, tu crois qu'il nous faudra trois nabus?
- Tu as raison, mieux vaut prévenir…
- Pour l'instant, on ne peut plus se voir entre amis? Les amis attendront. Tout ce qui compte, c'est que je suis confiné avec toi, mon amour! *(Il se lève du canapé et prend la main de la femme pour lui faire un baise-main juste avant de se diriger vers la chambre, la tenant par la main qu'il vient d'embrasser.)* Viens, ma chérie…

*(Elle danse une routine de claquettes en partant avec lui.)*

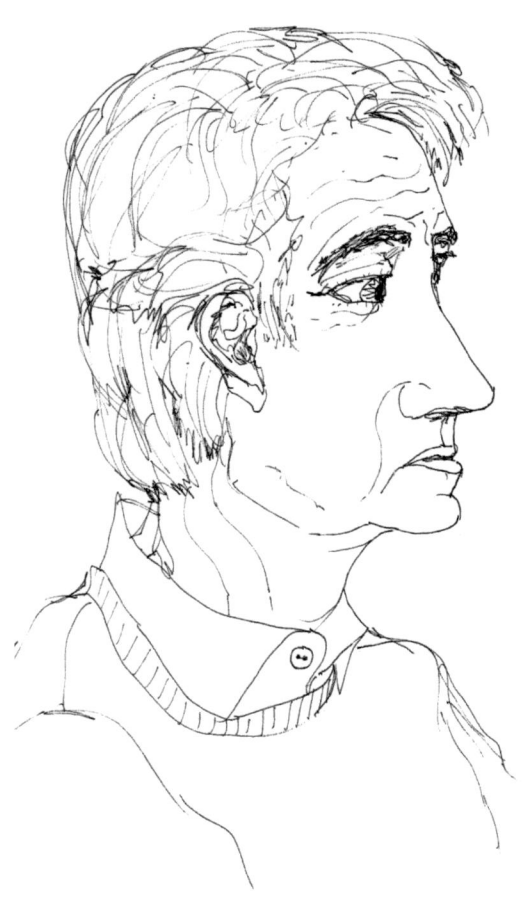

## *TOUT SE DISCUTE,*
## *MÊME L'ART ET LES MANIÈRES*

*(Une femme et un homme sont installés confortablement, l'un vis-à-vis de l'autre, dans un salon en désordre. L'intérieur a quelque chose de très féminin. Sur la table basse, une bouteille de vin blanc presque vide et deux beaux verres. Les murs sont décorés de plusieurs rangées de tableaux de tailles différentes. Beaucoup de nus.)*

- As-tu jeté un coup d'œil sur ce que je viens de mettre sur mon mur? C'est au sujet de mes derniers dessins de nus... Les hommes se sont encore lâchés, ils n'arrêtent pas de commenter le physique des modèles et personne ne parle de la qualité artistique de mes dessins! - Je peux te lire le post, si tu ne l'as pas lu? Parce que si jamais tu ne l'as pas encore vu, j'aimerais voir l'effet que ça peut avoir, si je n'y suis pas allée un peu fort quand-même. Vraiment, je suis contente qu'on ait pu rester amis et un ami comme toi, je ne peux pas dire que j'en ai beaucoup: les copines à la pelle, mais un point de vue masculin, c'est ce qui me manque souvent.

- Oui, avec plaisir même, vas-y, montre-moi ça. Mais finissons-en avec cette bouteille d'abord.

- Oui, docteur. *(Elle verse équitablement le reste du vin dans les deux verres.)*

- De plus, si tu me fais la lecture, ça m'évite d'ouvrir ma session. Aodren est un peu parano. S'il voit que je me connecte sans lui écrire, il pensera que c'est déjà tout fini entre nous. Si je lui écris un tout petit message et qu'il voit que je suis actif pendant un bon moment, je peux bien lui dire que je ne regarde que les posts des autres, il ne veut rien entendre. Je dois t'avouer que j'aime assez qu'il en soit ainsi. Que j'aie l'impression que quelqu'un tient vraiment à moi. C'est quelque chose: je pensais savoir ce que je voulais, c'est à dire une femme avec le physique des tableaux de Botero, et c'est l'univers qui m'a donné ce qu'il me fallait - Aodren! Mais allez, lis-moi ça un peu.

- « Pygophiles et globophiles de mes deux! Mon mur n'est pas là pour vous rincer l'œil, mais pour faire connaître mes productions dans le domaine de la création artistique. Ne me demandez plus les 06, ni les 07 d'ailleurs, des modèles nus. La plupart du temps, j'en rajoute allègrement. Je ne veux pas revenir sur les questions de la physionomie féminine. Mon amie Morgane vous a déjà largement étalé son point de vue sur les seins pomelos et les fesses pastèques sur ce même mur. Ne me dites pas que vous ne savez pas lire. Il s'agit d'art-là! À tous les coups, vous pouvez vous commander une poupée gonflable aux mensurations que vous voulez, mais si c'est une vraie femme, à l'âge que vous avez, soyez contents qu'elle veuille encore de vous. Et vous, qu'en est-il de votre propre physionomie? Vos moqueries, pensez-vous vraiment qu'elles réussissent à cacher vos défauts, vos tares? Au contraire, elles les mettent en lumière! Après tout, personne ne vous demande de vous faire remonter les testicules! »

- Tu y vas un peu fort, une fois de plus... j'avoue. Mais je dois dire que j'aime assez. Et moi, c'est pour ça que je t'adore, tu es dans le jus, aucune autre n'oserait.
- Tu aimes au point que tu vas liker mon post?
- Il ne peut pas en être autrement. Je peux le liker tout de suite, mais il faut que j'écrive un petit message à Aodren dans la foulée. Tu voulais aller nous chercher une autre bouteille de toute façon, non?
- Bien, je vais chercher mon dernier Mentou Salon, mais engage-toi à me défendre si jamais quelqu'un est mal embouché et ne comprend toujours pas ce que je veux dire...
- Bien sûr, je vais la leur boucler, aux béotiens! Depuis que tu m'as fait mes trois tableaux, je sais ce que tu vaux, on dirait que Courbet vit toujours. Au point que je me demande si je ne vais pas installer une caméra dans mon salon: une fois qu'enfin ton talent sera reconnu, je vais finir par avoir peur des braqueurs!
- Tu exagères, toi aussi. Mais tu me fais plaisir! Dans la tête de beaucoup de gens, un peintre est forcément un homme. Même de nos jours, si une femme peint, le tout venant s'imagine qu'elle « s'occupe », rien de plus, peu importe son talent.

- Encore merci d'avoir fini par accepter ma commande de tableau, et que tu aies même fait trois qui forment un triptyque saisissant. Vraiment merci, il ne faut pas croire, j'ai conscience que j'ai pu passer pour un salaud, mais dès le départ, tout ce que je voulais, c'était faire confiance à une copine artiste pour comprendre comment je voulais décorer mes murs. Tu sais, dans mon métier, je vois tellement de gens nus que je voulais afficher des nus qui ne ressemblent pas à ce que je vois tous les jours au travail… Pourtant, on peut dire que j'ai déjà tout vu. Toutes les formes. Les vrais nus, allongés sur la table d'opération, ne me font aucun effet. Mais tes trois tableaux, ils me disent autre chose à chaque fois que je les regarde.

- Et merci d'avoir compris que la peinture n'est pas juste une petite occupation pour moi, pour tuer le temps. Tu sais ce qui m'est arrivé lors de l'accrochage de ma dernière exposition?

- Raconte…

- Je venais de tout accrocher. Tu sais à quel point j'adore accrocher dans des lieux de vie. Dans des lieux où des gens normaux passent, pas dans les galeries qui n'engraissent que les galeristes…

- C'est un autre débat sur lequel nous ne sommes pas forcément d'accord. Tu devrais être en galerie, je te l'ai déjà dit…

- Donc, je viens de tout accrocher, toute contente de moi de ne pas avoir abimé de cadre, ni dans le transport, ni lors de la mise en place. Un groupe d'artisans est au bar, c'est l'heure de l'apéro. Je les observe de loin, comment ils n'arrêtent pas de regarder un de mes tableaux. Je suis toute excitée, ils réagissent à une de mes œuvres! Je prends mon courage à deux mains et je m'approche d'eux pour les remercier du temps qu'ils prennent à regarder le tableau et pour savoir ce qu'il leur inspire. Silence très long... Un se lance enfin, « C'est d'travers! C'est accroché d'travers! »

- *(en souriant)* Oh, ma pauvre!
- En effet, la claque. Mais ce n'est pas un commentaire comme ça qui va m'arrêter! La peinture pour moi, c'est du domaine de la respiration. Si je ne peux pas créer, c'est comme respirer à travers un masque, donc pas pareil du tout. Si tu essaies de prendre une grosse respiration avec un masque, tu manques de t'évanouir. Si tu l'enlèves, tu respires mieux.
- Bien parlé, on dirait que c'est toi le médecin... Alors, ce petit remède anti-spleen, le médicament anti-dépresseur liquide de couleur jaunâtre, tu le sers, ou pas?
- Je vais donc chercher le vin. *(Elle sort de la pièce. Il tapote sur son portable jusqu'à ce qu'elle revienne et le range en faisant un dernier clic démonstratif.)*
- Voilà. J'ai liké et j'ai même mis un commentaire. Ne le regarde pas tout de suite, s'il te plaît, ce serait impoli! Tu sais si bien accueillir et donner toute l'attention qu'ils méritent à tes invités.

- Quand j'y pense, comment j'étais folle de toi... Bon, tu étais cruel de me dire que ce n'était pas réciproque. De surcroît, de la manière dont tu l'as fait - mais j'ai réussi à me désensibiliser complètement. Toute seule, docteur, alors que c'était grave. Notre amitié vaut un tas d'amourettes.

- Allez, on ne va pas se remettre à ressasser, le vin risque de tourner.

- Tu as raison. Au moins, nous deux, ça n'a pas tourné mal, parce qu'il n'y a jamais rien eu... *(Elle fronce les sourcils et regarde Gireg la tête de travers.)* Tu m'écoutes au moins?

- Je suis désolé, je pense tout le temps à ces deux pauvres femmes qui ont fini sur ma table d'opération. Je peux te dire que j'espère qu'il n'y en aura pas de troisième...

- Mais oui, évidemment, j'aurais pu me douter pourquoi tu avais envie de te changer les idées à discuter de choses et d'autres ce soir... Les gens ne parlent que d'elles en ce moment. C'était évident que c'est toi qui allais les sauver!

- Ne parle pas trop vite. La petite jeune surtout, je peux te dire qu'elle n'est pas sortie de l'auberge! Mais je ne peux rien te dire à propos d'elles, le secret médical, tu comprends...

- Parfaitement... C'est trop triste, ça a tout l'air de crimes passionnels... Le grand amour qui tourne mal une fois de plus...

- Écoute, c'est le travail des gendarmes. J'opère ce qui m'est présenté, mon travail s'arrête-là...
- Tu ne trouves pas que c'est bizarre que nous n'avons pas vu Klervi récemment?
- Ah, non! Ne me dis pas que je dois l'opérer, elle aussi! Tu as essayé de l'appeler?
- Oui, elle ne répond pas...
- Ne nous imaginons pas ce qui ne doit pas arriver! Mais de mon côté, je n'ai aucune nouvelle d'Enora...
- C'est à me demander si j'ai encore envie de sortir le samedi soir, s'il faut avoir peur pour sa vie maintenant!
- Ne dis pas de bêtises, on sort au théâtre demain soir quoi qu'il arrive! Aodren déteste les événements culturels, ça m'arrange que tu viennes avec moi. Je viens te chercher et on ira boire un verre sur la côte après.
- Comment je m'habille?
- Mets une de tes robes longues...
- Laquelle? La bleue, la rouge, la fuchsia?
- Tu n'avais pas une robe noire ou grise avec des strass ?
- Bien sûr.
- Alors mets-la! *(Silence. Ils boivent.)* Mais toi, du neuf du côté de l'Amour justement? Tu réussis mieux à tenir ton petit monde à distance maintenant pour accueillir les prétendants

potentiels? Tu commences enfin à t'occuper un peu de ta vie sentimentale? Tu n'es pas encore tombée sur un mauvais numéro, comme moi?

- Hmmm...

- L'as-tu remarqué? Les vraies questions, celles qui comptent vraiment, on les pose au bon moment et il y a toujours un grand blanc avant que l'on te réponde. Il arrive qu'on ne te réponde pas et que l'on te tourne le dos. C'est à ce moment très précis que tu sais que tu as posé la bonne question. A fortiori, si on te tourne le dos et que ta question continue à planer dans la pièce.

- Le grand blanc, tu le tiens dans ta main. Et je ne sors pas, c'est chez moi que nous sommes!

## *DE LA PERFECTION D'UN CRIME*

*(Une femme est assise en califourchon sur un homme. Elle a un stylo derrière l'oreille et caresse amoureusement les cheveux qui lui restent. Il rentre de toute évidence du travail: une sacoche est posée à côté du canapé. Il la tient par la taille pour le plaisir et aussi pour qu'elle ne tombe pas, parce qu'elle n'arrête pas de bouger: elle balance ses jambes, comme une petite fille. Ils sont dans un salon, de nombreux manuscrits, dessins, plans et objets divers jonchent le sol. Sur la table basse, une belle théière et deux belles tasses.)*

- Il faut quand-même que tu m'expliques un jour, alors autant que ce soit aujourd'hui... Pourquoi tu ne m'as jamais rien dit? Il est absolument génial ton livre et bientôt il va être édité par une grande maison d'édition! Comment as-tu pu garder ça pour toi aussi longtemps? Tu sais bien que je t'aime et même si ton intrigue avait été nulle, je l'aurais adorée!

- Tu parles d'une reconnaissance de mon talent littéraire!

- Très sérieusement, pourquoi n'avoir rien dit?

- Eh bien, c'est assez simple. Tu m'aimes parce que je cuisine mieux que toi et tu en profites bien au passage. *(Elle lui caresse le ventre qu'il ne cherche pas à rentrer.)* Tu m'aimes parce que je t'intrigue à ne pas réussir à ressembler à aucune des femmes que tu as connues avant moi. *(Il lui caresse les cheveux et les met derrière ses oreilles tout en la regardant amoureusement dans les yeux.)* Je m'habille comme je veux, je fais ce que je veux et tu me dis de continuer ainsi pour que personne ne veuille me piquer. Tu me trouves drôle. Tu aimes la petite fille que j'ai réussi à rester, même devenue femme. Et moi, je t'aime tout court. Tu es l'homme que j'ai le plus aimé de toute ma vie et je sais que je ne pourrais jamais aimer quelqu'un autant que toi. Donc, tout ce que je veux dans cette vie, c'est rester avec toi! Mais j'ai ce petit jardin secret depuis longtemps, l'écriture s'est imposée à moi sans que je lui coure après. J'avais peur qu'il puisse te déranger, mon petit jardin secret, puisqu'il est difficile d'accès pour toute personne autre que moi. - Je me disais que le jour où tu te rendrais compte que j'écris mieux que toi, tu ne m'aimeras plus autant. Que notre amour ne serait plus le même. Parce que l'écriture est une passion débordante, tu penserais forcément qu'elle t'enlève quelque chose. J'étais prête à la sacrifier pour toi, je voulais tout passer au broyeur par peur que tu tombes sur mes écrits. Mon trip, c'est l'écriture, pas le produit fini. Tant pis. Rien ne devait abîmer notre amour...

- Ma petite chérie... *(Il sourit.)* Te rappelles-tu comment il fallait que je te console quand tu as annoncé la sortie de ton livre par messagerie? Tous ces amis qui t'écrivaient, t'appelaient pour te prévenir que tu t'étais fait pirater ton compte!

Et les autres qui pensaient que c'était un poisson d'avril, comme si qui que ce soit était encore suffisamment inspiré pour faire de petites blagues…

- Oui, personne ne me croyait capable d'écrire un polar…
- Sauf moi, ma petite chérie!
- Suis-je stupide? M'aimes-tu encore ne serait-ce qu'un tout petit peu? *(Elle recommence à lui caresser le crâne et colle son front au sien.)*
- On dirait qu'on est dans un roman à l'eau de rose, mais je peux te dire que je t'aime de plus en plus, parce que je n'arrête pas de te découvrir des talents inattendus et que ton attention pour moi ne faiblit pas pour autant.
- Si je pense au nombre d'histoires qui auraient pu m'abîmer… Au final, c'est peut-être bien de cela que j'ai l'impression de devoir écrire: il y a des histoires qui nous abîment - des histoires qui commencent comme les plus grandes histoires d'amour, mais qui finissent par nous perdre à nous-mêmes. Ce qui est incroyable, c'est qu'il y a des signes partout qui nous mettent en garde et nous n'y prêtons aucune attention. Parfois, il suffirait de tourner la tête ne serait-ce qu'un tout petit peu.
- C'est vrai que tu as ce regard droit devant toi. Je l'ai remarqué tout de suite chez toi. Dès le départ, je m'étais dit, « Enfin une qui sait ce qu'elle veut, elle est droit dans ses bottes et dans son regard. Comme cela doit être reposant d'être avec une

femme comme elle. » Tu sais, il ne faut pas croire, nous, les hommes, parfois, on aimerait juste être au repos. J'ai connu un tas de femmes qui voulaient tout le temps que je prenne des décisions et lorsque je décidais, cela ne plaisait pas... Mais crois-moi, en même temps, il m'a drôlement intimidé, ton regard droit devant. Probablement que nous reculons le plus loin possible lorsque nous sommes en face de ce que nous cherchions. Nous n'y croyons tellement pas d'avoir pu trouver ce que nous cherchions que nous voyons des tares partout où il n'y en a pas... Mais excuse-moi, je crois que tu voulais me dire quelque chose d'important.

- En effet. Un jour, j'ai décidé de faire exprès de tourner la tête tout le temps, juste pour voir ce que cela faisait. Je m'entrainais partout: dans la cuisine, dans la salle de bains, dans la buanderie... Même lors d'une promenade en bord de mer, je m'efforçais à regarder du côté opposé de la mer. C'était drôlement difficile! La mer a une force d'attraction du regard tellement plus forte que la terre!

- Et?

- Rien. Absolument rien ne me sautait aux yeux. Mais j'étais vraiment entraînée et en roulant vers la maison, je continuais à détourner le regard de temps en temps. Ce n'était pas bien grave de détourner le regard, il y avait le bouchon de sortie de plage habituel, je ne risquais d'emboutir personne. J'avais intégré ce regard sur le côté comme une nouvelle habitude dont on ignore si cela sera une bonne chose à absolument intégrer dans ses routines, ou alors une mauvaise habitude dont on aura du mal à se défaire. Bref, je regarde vers la gauche, dans l'impasse où habite la mère d'une de mes amies. J'avais entendu qu'elle était retournée auprès de sa mère, cette amie qui avait rompu tout contact avec moi parce que Yannig venait de se séparer d'elle et qu'il commençait à jeter son dévolu sur moi... Qu'est-ce qu'il me courait après!

- Oui, je connais le modèle, il a perdu tous ses amis à cause de ses coups foireux. A force de réchauffer les anciennes amantes, sortir avec les copines des amantes. Doubler, griller et narguer ses amis...

- Donc, je regarde cette impasse, alors qu'il n'y a aucune raison de le faire. Si en roulant, je regardais toutes les rues où il y a des gens que je connais qui habitent, j'irais plus vite à pied! Mais qu'est-ce que je vois? Qui est-ce que je vois? - Yannig qui attend de sortir de l'impasse avec sa toute nouvelle voiture, son nouveau piège à filles. Tout souriant, tout content de lui derrière son volant certainement chauffant, autant que ses sièges. Je le vois, il ne me voit pas. Je rentre et tu connais la meilleure? - Je reçois un texto de sa part à peine arrivée devant chez moi!

- Quel numéro, celui-là...

- C'est là que j'ai compris. Il nous recontacte dans l'ordre dans lequel il nous a connues! Mais ce que je ne comprenais pas, c'est qu'il avait toujours ce pouvoir de me mettre à terre, sans que je daigne répondre à son message...

- Ma pauvre... Mais tu sais, moi aussi, j'ai connu des femmes qui ont failli avoir ma peau... C'est bien pour cette raison que jamais je ne te quitterai, ma chérie! *(Ils s'embrassent tendrement.)*

- Allez, les pieds sur terre! J'écris des polars! Je suis censée écrire la suite du premier. Ne nous leurrons pas, le deuxième livre est toujours l'épreuve de vérité... Aide-moi plutôt! A nous deux, nous nous rappellerons bien la liaison la plus tordue pour mon intrigue. Mais pour quelle raison, jette-t-on les cadavres à la mer? J'ai très envie d'un cadavre jeté à la mer...

- Parce qu'on espère qu'on ne les trouvera jamais, ou alors que l'eau salée abîme les preuves. Qu'est-ce que j'en sais... Dans les films, c'est plus photogénique que de les enterrer...

- Hmmm. Et une raison vraiment originale, monsieur? *(Déçue, elle se lève pour s'asseoir en face de lui.)*

- Ne me dis pas que tu es pour quelque chose dans les drames de Rozenn et Sterenn?!

- Quelle idée!

- Tu ne vas pas te mettre à sacrifier de vraies personnes pour tes énigmes, tout de même! - Je veux bien être avec une auteure de polars, mais une meurtrière, hors de question!

- Ne dis pas de bêtises...

- Après tout, on les connaît toutes les deux, si ce n'est pas louche? Ne me fais pas croire le contraire, à ce que j'ai pu comprendre, tu ne les aimes pas beaucoup...

- Juste parce que Sterenn est superficielle et Rozenn folle?

- Rien que le fait qu'on les côtoyait toutes les deux : les gendarmes vont finir par débarquer et nous interroger! *(Il semble sérieusement inquiet.)* Les gendarmes n'ont pas intérêt à avoir des doutes à propos de quoi que ce soit...

- Et toi tu es parano! *(Se met à rire.)* Soit tu es parano, soit tu es coupable!

- En tout cas, je peux te dire que le pote Yannig m'a dit un jour que tu lui faisais peur. Que je devais me méfier de toi, très sérieusement. Il avait carrément peur. C'est la raison pour laquelle il t'aurait plaquée. Je ne veux pas savoir ce qu'il y a eu entre vous deux, c'était avant nous deux. Mais j'ai l'impression qu'il ne faudrait pas que les gendarmes interrogent Yannig à ton sujet...

- *(Elle ne semble d'abord pas sérieuse de ce qu'elle avance, mais plus elle parle, plus le doute s'installe dans sa voix.)* N'essaie pas de faire diversion. Est-ce que tu assures tes arrières? Tes soit-disant voyages d'affaires. J'ai l'impression que tu étais parti une semaine complète au moment de chaque disparition. D'habitude tu pars pour deux, trois jours, des semaines complètes, ça ne t'arrive pas souvent.

- Ne dis pas de bêtises, toi non plus!

- Revenons à Yannig alors. C'est assez simple. Yannig n'aime pas les femmes intelligentes, encore moins quand elles réfléchissent. Tant qu'elles se taisent, qu'il ne voit pas qu'elles sont futées, tout va bien. Mais dès qu'il a vu que mes idées fusent, plus que les siennes, il a commencé à paniquer. Sans blague - la panique totale. Je m'étais rendue compte à l'époque qu'il racontait partout que j'étais fourbe. Juste parce qu'il n'arrivait pas à suivre. - Contrairement à toi.
- Enfin, ce n'est pas toujours facile, non plus pour moi, tu peux me le croire. Tu es quand même un cas...
- Mais toi, tu arrives à gérer une charge mentale importante, comme une femme.
- Juste parce que je me charge de quelques tâches ménagères? Bon, peut-être, mais je ne peux pas aller jusqu'à encaisser une surcharge cognitive. Toi si!
- Comme tu es beau, intelligent, cultivé et modeste!
- En tout cas, si j'y repense... Comme j'ai pu être malheureux avant de te connaître! Je ne savais plus comment me distraire... Tu te rends compte seulement: j'étais prêt à m'intéresser au step, la composition florale et le scrap-booking réunis!
- Mon pauvre petit chou...
- Et tu débarques dans ma vie et me guéris sans que je comprenne toujours comment... *(Il se*

*penche vers elle et l'embrasse tendrement au-dessus de la table basse.)*

- On ira vérifier tout à l'heure si le traitement miracle fonctionne toujours... mais donne-moi une piste pour un beau crime avant!
- Il va falloir que tu la trouves toi-même, c'est ton bouquin, il faut que ce soit ton idée. Tout ce que je peux faire pour toi, c'est te servir ce thé avant qu'il ne soit trop infusé. Même si j'ai l'impression qu'il est trop tard pour ça. *(Il prend la théière, verse le thé et lui tend une tasse avant de porter la deuxième à sa bouche.)*
- Thanks, dear!
- Eh bien, voilà! Tu vas y arriver toute seule. Rappelle-toi qu'avant toi, la meilleure auteure de polars était anglaise. Mais comme elle est morte et enterrée depuis longtemps, à toi de jouer pour reprendre le flambeau! Sans vouloir me répéter, tout ce que je peux faire pour toi, c'est te servir le thé...

## *PAR AMOUR DE LA DANSE*

*(Une femme et un homme dans l'entrée d'un appartement. Elle porte une robe noire des années 1950 avec petticoat. Il semble sortir directement d'un film avec James Dean. Elle vient de poser le parapluie, elle est en train d'enlever ses bottines, elle prend même tout son temps pour le faire.)*

- J'enlève les chaussures?
- Oui, si tu veux bien. Je suis désolé, on demande à tout le monde d'enlever les chaussures, comme on a du parquet partout. Mais surtout, on n'aime pas faire le ménage en permanence. Ni ta copine, ni moi...
- Il pleut des cordes, comme le jour où j'ai porté ces bottines pour la toute première fois. *(Elle a fini de les enlever, mais tous les deux les contemplent avant de s'avancer dans l'appartement.)* Ça me rend mélancolique.
- Ça doit faire un bail, je ne veux pas te vexer, mais elles ne sont pas toutes neuves... Et vu comment elles sont détrempées, raison de plus de ne pas te laisser entrer avec! *(Il lui fait un clin d'œil.)*
- *(toute chose)* Pas si vieilles pourtant, mais je les porte tout le temps. Je ne les ai que depuis trois ans. *(Elle reprend ses bottines dans les mains.)* Regarde, je leur ai même fait refaire les talons.

- Pose-les et viens t'asseoir. Qu'est-ce que tu bois? La soirée ne commence qu'à vingt-et-une heures et on sait bien tous les deux que ce n'est pas la peine d'y aller avant vingt-deux.
- Qu'est-ce que tu proposes?
- Aïe, ça n'a pas l'air d'aller... Tu sais toujours ce que tu veux, surtout en termes de boisson. Je nous ai préparé des mojitos sans alcool, ça va nous mettre dans l'ambiance et on pourra danser sobrement. *(Il part en cuisine et revient avec les mojitos.)*
- *(en s'installant dans le canapé et prenant en main son verre)* Je suis contente pour ma copine, tu es l'homme qu'il lui fallait.
- Mais ce n'est pas parce qu'elle est allée voir sa famille au loin que je ne dois pas aller danser avec sa meilleure copine...
- En effet!
- Elle est la femme de ma vie, que ça reste clair entre nous! Tu sais, il m'arrive de la contempler. On aurait dit qu'elle a toujours vécu ici. Elle est rentrée toute contente du marché l'autre jour en me disant, « Tu sais quoi ? Je faisais la queue et discutais avec la femme devant moi. Et la boulangère de s'écrier joyeusement, 'Bonjour, j'ai reconnu votre voix!' ». Elle n'en revenait pas, quelqu'un qui lui disait de reconnaître sa voix et non pas son accent!
- Assez parlé de ma copine, si tu veux bien! On sortait danser tous les deux avant que vous ne

fassiez connaissance de toute façon! Je n'en reviens toujours pas, vous avez tout fait tous seuls, je n'ai même pas eu à être l'entremetteuse.

- *(Levant son verre)* Ce soir, on va te trouver l'homme qu'il te faut à toi aussi! *(Ils trinquent.)* Tu as bien fait de te séparer de ton mari grincheux, tu aurais dû le faire, il y a des décennies! Il n'a jamais rien fait pour te faire plaisir. Aller danser pour commencer... C'était à moi de te sortir un peu pendant qu'il allait se saouler avec ses potes! - Ce soir, la chance va te sourire!

- *(Une fois posé son verre, elle tourne son regard vers les chaussures.)* Puisses-tu dire vrai!

- L'histoire de ces bottines, donc! Parce que permets-moi, je ne suis peut-être pas très observateur, mais le cuir est en mauvais état et tu as un trou sur le dessus de ta bottine droite. Sans parler de la grosse éraflure sur la bottine gauche. Qu'est-ce qui t'a pris de leur payer des talons neufs plutôt que d'acheter une nouvelle paire? On est en pleine période de soldes!

- Tu l'auras voulu! Tu vas tout savoir! - Elles étaient toutes neuves, mais il fallait absolument que je les mette lors des inondations, il y a trois ans. C'était absolument stupide, j'aurais dû mettre les bottes de pluie, pour ce que ç'a servi... Mais je devais faire bonne impression, je portais aussi un petit chemisier bleu indigo avec des fleurs délicates, mon plus beau manteau - qui n'était évidemment pas imperméable - et mon parapluie le plus classe.

- Le parapluie sexy que tu viens de déposer à l'entrée?
- Évidemment!
- Tu allais à un entretien d'embauche?
- Non, je portais aussi le jean qui me fait les plus belles fesses...
- Ah!
- Va nous chercher du rhum, s'il te plaît, c'est un peu fade tout ça! *(Elle agite son verre.)*
- Oui, Madame! *(Il part vite dans la cuisine. Il revient, en courant et faisant un dérapage, avec une bouteille de rhum et une cuillère à cocktail. Il remplit les verres de rhum et mélange les mojitos, à présent alcoolisés.)*
- *(Prenant une grosse gorgée)* J'allais retrouver le plus grand coup de foudre de ma vie pour aller voir un vernissage. - Son idée... J'étais dans mes petits souliers avec ces bottines... Pour une fois qu'il me proposait quelque chose... J'étais persuadé que nous allions sortir ensemble, enfin!
- Pardon? Je n'ai pas loupé un épisode! C'est toute une saison qui me manque là! Tu n'as jamais rien dit, comme si nous n'étions pas ton couple d'amis préféré!
- Mais si, bien sûr, vous l'êtes. Mais je ne suis pas sûre que tu puisses comprendre.
- Explique déjà, je te dirai après, si je comprends.

- Avant toute chose, combien de coups de foudre as-tu eu dans ta vie, toi?
- Je... tu me poses une colle...
- Tu vois, tu n'en as pas eu un seul! - Les coups de foudre, c'est hyper rare, une évidence à laquelle tu ne piges rien. Tu te mets à suer subitement, tu bafouilles, tu deviens maladroit et tu rougis, alors que jamais tu ne rougis. Si tu en avais eu ne serait-ce qu'un seul, tu connaîtrais le chiffre exact!
- Mais quand j'ai fait la connaissance de...
- *(Elle lui coupe la parole.)* ... c'était comme si tu l'avais toujours connue?
- Oui, absolument. Je ne voulais plus qu'être avec elle!
- C'est très bien aussi et c'est du solide, du beau, tout ce que tu veux. Mais un coup de foudre, c'est encore autre chose...
- Si tu le dis...
- Je l'affirme. C'est tellement fort, tu penses que ça va te tuer, comme la foudre justement. - J'ai une collègue de travail qui dit qu'il ne faut jamais sortir avec un coup de foudre: ça te déchire, parce que tu veux tellement plaire que tu te fais passer pour quelqu'un d'autre, juste pour faire craquer ton coup de foudre. Sauf que tu n'es pas toi-même et qu'il faut pouvoir être soi-même pour une belle histoire d'amour. De plus, un coup de foudre peut te détruire: tu n'écoutes plus tes besoins les plus fondamentaux et si le coup de

foudre n'est pas réciproque, ce qui est le cas dans la majorité des cas, tu deviens un jouet, un esclave dont on finit par se lasser.

- J'apprends des choses ce soir!
- Mais comme tu le constates, je suis bien vivante sur ton canapé, parce que mon coup de foudre à moi ne voulait rien de moi.
- Mais tu y penses encore?
- Tous les jours. J'en rêve la nuit. Quand les pensées m'échappent, je vois son visage. Puis, il y a des périodes où j'y pense moins. Je garde ces bottines uniquement pour cette raison. Je me rappelle dans quel état j'étais ce jour-là. Je mets les bottines et ressens mon état d'alors. Une vraie fleur bleue, une gamine, une puce excitée. Le cœur qui battait la chamade. Je sautillais dans les flaques. J'étais la version féminine de Gene Kelly dans « Chantons sous la pluie ». Plus je m'avançais du lieu du rendez-vous, plus il s'agissait d'un plan d'eau plus que de flaques. Je ne voyais plus où s'arrêtait le trottoir et où se trouvait la rue, j'aurais pu méchamment me fouler la cheville. Je sautais avec une telle énergie, faisant des tours avec mon parapluie, je manquais de décoller. J'aurais très bien pu sauter dans une des fameuses bouches d'égout qui sautent sous la pression d'eau et dans lesquelles les gens disparaissent lors des grandes inondations.
- C'est une légende urbaine...

- Si tu veux. En tout cas, tout débordait: le fleuve était sorti du lit, l'eau était entrée dans les caves et c'étaient alors les caves qui recrachaient l'eau, on aurait dit des fontaines au pied des maisons, tout était à l'image de mes émotions débordantes. Une fois sur le lieu du rendez-vous, je ne le voyais pas. La panique commençait à s'emparer de moi. J'ai cru mourir sur place. Puis, il sort tranquillement d'une voiture. Même là, je me disais, quelle nulle je suis, il a dû m'observer dans son rétroviseur, j'ai dû être ridicule à tourner nerveusement la tête comme une poule! *(Elle mime une poule avec sa tête.)*

- Et alors, tu l'es devenue, sa poule à lui?

- Jamais! Tu sais, ce qui est le plus bizarre dans l'histoire? Je ne sais même pas si on s'est donné la bise une seule fois. On ne s'est jamais embrassés, ça je le sais. Mais j'ai l'impression qu'on se disait juste « salut » en bougeant la tête... *(Elle mime: elle lève et baisse la tête.)* Juste comme ça, tu vois. Aucun souvenir de l'effleurement de nos peaux...

- Je le plains, passer à côté d'une fille bien comme toi...

- Dans les pires épreuves de la vie, on n'est pas aidé! Ni dans les meilleures... Chaque fois que je passe par la place où il s'était garé, ma poitrine se serre. Tu connais la meilleure? Ils ont osé supprimer la place où il stationnait! Évidemment qu'il faut au maximum bannir les voitures des villes, mais de là à supprimer la seule place de parking qui ait un sens pour moi dans toute la ville!

- Le monde est profondément injuste.
- Alors tu comprends maintenant pourquoi je n'aurai jamais fini par faire réparer ces bottines?
- Allez, finissons nos verres, on va danser! Avec ta belle robe, il y aura un malheur ce soir, je te le promets! *(Il se lève et commence à mettre ses chaussures dans l'entrée. Elle le rejoint.)*
- Comme si ça m'avançait à quoi que soit d'aller danser. A chaque soirée, il y a trop de femmes... Il faudrait que j'en élimine quelques unes pour avoir ne serait-ce qu'une toute petite chance de trouver un homme qui me regarde de près. Parlons des hommes... Je les connais tous maintenant, tous les danseurs, les bons, les mauvais, tous les timides au bar...
- Haut les coeurs, il peut y avoir des surprises.
- Eh bien ça, jamais en soirée... Bon, réfléchis bien, tu n'as pas un cousin quelque part qui cherche à se caser?

*(Il ne répond pas, mais pince les lèvres en ouvrant la porte d'entrée.)*

## *DU BONHEUR, PRESQUE TROP*

*(Une femme et un homme, en tenue de soirée, dans leur salon. Chacun une flûte de champagne à la main. Une bouteille de champagne et une bouteille de jus de pomme pétillant sur la table basse. Ils viennent de trinquer, collés l'un à l'autre dans leur canapé rouge. Détail important, elle a un rire qui va du rire entraînant au rire franchement pénible…)*

- Te rends-tu compte que tu souris? Est-ce l'effet du champagne ou penses-tu à quelque chose en particulier? Ne me fais pas regretter de ne boire que du jus de pomme pétillant alors que tu as droit au champagne…
- Plutôt que penser, disons que je visualise. Je pense à ce fameux matin où j'ai sonné à ta porte.
- *(Elle rit.)* Du coup, je visualise aussi! Si je pense à la tête que tu faisais quand je t'ai dit que je ne te permettais pas d'entrer chez moi. Je me demande encore si tu étais époustouflé par ma beauté ou si tu voulais me gifler.
- Mais ça ne va pas, non?! Je n'ai encore jamais giflé personne, ce n'est pas à mon âge avancé que je vais commencer à le faire! *(Il caresse le ventre de sa femme. Petite pause contemplative.)* Si je pense que j'ai bien cru ne jamais pouvoir vivre ce bonheur-ci! Comme je suis content! Que ferais-je

seulement sans toi? Même le télétravail ne pèse plus aussi lourd qu'avant... C'est dire!

- *(Elle l'embrasse tendrement. Et elle rit.)* Juste parce qu'on a parfois mieux à faire en plein jour que travailler! Tu ne sais toujours pas te servir de ta machine à coudre correctement! J'ai encore tellement à t'apprendre! Tu n'imagines pas toutes les fonctionnalités d'une machine à coudre! Puis, les aiguilles, les pelotes de laine qui sont toujours en plan...

- J'ai autre chose à peloter pour l'instant... *(Il la caresse selon son envie du moment.)* Comme j'adore ton rire! C'est encore mieux que de pouvoir enfin enlever les chaussures renforcées après une journée d'été sur les chantiers!

- Tu sais qu'Edern ne supportait pas que je rie? A chaque fois que je riais, il avait la chair de poule. Tu penses bien que ce n'est pas ça qui m'a fait arrêter de rire. C'était même devenu la source principale de mes rires. *(Elle rit, évidemment.)* Je t'ai parlé de ce Gwen dont je n'ai plus jamais trouvé de trace... Remarque, tant mieux, j'aurais pu passer à côté de toi! *(Après une pause.)* Mais oui, on fait ce que l'on peut pour ne pas craquer comme tant d'autres...

- Mais oui, mais plus aucune soirée dansante! C'était ma soupape. Est-ce que seulement un jour on pourra recommencer à danser? Tous ces amis, tous ces inconnus même - qu'est-ce qu'on était bien tous ensemble! Qu'est-ce qu'on avait tous besoin de danser: le rock, le paso, le cha cha cha, la valse, le quick step, la salsa, la bachata, la kizomba... Si un jour quelqu'un m'avait dit que j'allais trouver une femme qui adore toutes les danses autant que moi! Et que ce soit toi, que j'ai pu enfin te retrouver!

- Oui, je me rappelle bien cette fameuse soirée. Une danse, une bière - tu as dû être stressé comme pas possible que je ne réponde pas à tes avances. Je commençais à me demander si tu n'étais pas alcoolique! Mais après, j'ai bien vu que tu ne retournais au bar que quand tu venais de danser avec moi... C'était attachant!

- C'est moi qui me suis attaché. Je suis nettement mieux avec ce champagne qu'avec la bière!

- Oui, accroche-toi bien, mon chéri. Tu verras les changements que mon corps va connaître... Le ventre va évidemment grossir, mais je vais aussi avoir des varices, des sautes d'humeur, des rages parce que tu n'auras pas trouvé de cornichons aigre-doux ou des fraises délicieuses en plein hiver... Ce qui n'arrangera rien, les demi-frères et demi-soeurs seront jaloux...

- *(Il donne l'impression de s'enfoncer dans le canapé et de se décomposer.)* Oui, je vois bien, pour le coup, ce n'est pas une garantie décennale, mais à perpète...

- *(Elle est écroulée de rire et se tient le ventre.)* Ah, mon ventre, mon ventre!

- *(Il se redresse dans le canapé et ne cache pas sa froyeur.)* Fais gaffe un peu, c'est mon bébé que tu portes-là!

- *(Elle lui caresse tendrement le cou.)* Mais bébé, tu sais bien que j'ai assuré cette mission par quatre fois déjà. Ce n'est pas celle-ci que je raterai! Et cette fois, avec un père comme toi... Et les seins que j'aurai! Tu ne vas pas croire tes yeux!
- J'adore quand tu ris, mais si on se retrouve avec un bébé secoué in utero, on est mal parti. Fais gaffe quand-même!
- D'accord. Je vais essayer de penser à quelque chose de triste... *(Elle fronce les sourcils et réfléchit.)*
- Tu as trouvé?
- Oui, je réfléchis au verbe « manquer ». Je voulais appeler Enora tout à l'heure pour la consoler, mais elle ne répond pas. Récemment, Enora m'a encore parlé de sa relation tordue avec Elouan. Il n'est pas très net, cet Elouan... À chaque fois qu'il la contacte, il dit, « Est-ce que je te manque? ». Je ne peux pas imaginer antinomie plus importante qu'entre cette question d'une exigence impossible et cette affirmation qui déguise si bien la déclaration d'amour qui est « Tu me manques! ». Jamais il ne lui dit, « Tu me manques! ». Toute la différence et l'amplitude d'une relation amoureuse résident dans le seul verbe « manquer »! - « Est-ce que je te manque? » signifie « Je me moque de toi, j'ai besoin d'être aimé par n'importe qui, et je n'ai que toi sous la main. Je me contente de toi, mais applique-toi bien si tu veux que je m'accroche à

toi, un temps! Mais dès que j'aurai trouvé mieux, je te tourne le dos. » - Que c'est triste, c'est le degré zéro d'une relation amoureuse. Par contre, « Tu me manques! » signifie « Tu es la seule personne au monde avec qui je voudrais être maintenant et aussi longtemps que je peux m'imaginer. » C'est comme lorsque l'on dit, « Un seul être vous manque et toute la terre est dépeuplée. » C'est le degré infini de l'amour.

- Comment est-ce seulement possible que tu me manques alors que tu es près de moi? *(Il pose leurs verres sur la table basse. Il la tire tendrement vers lui et l'embrasse langoureusement. Puis, il remplit leurs verres, du jus pétillant avec quelques gouttes de champagne pour elle. Du champagne avec quelques gouttes de jus pétillant pour lui. Il distribue les verres, ils trinquent, ils boivent se regardant dans les yeux. Il repose les verres et la couvre de baisers à nouveau.)*

## *LE GRAND CHANGEMENT*

*(Une femme et un homme sont installés, l'un vis-à-vis de l'autre dans un salon, l'intérieur a quelque chose de très masculin. Un sac de couchage est resté près de l'entrée. Sur la table basse une bouteille de bon vin rouge et deux très beaux verres de dégustation presque vides.)*

- Comment ça va, sinon?
- Voilà, la question à éviter absolument! Nous vivons une époque où seuls les misanthropes vont vraiment bien.
- Es-tu encore passée par le coupe-gorge?
- Arrête de t'inquiéter pour moi, cela ne te ressemble pas.
- Mais sais-tu seulement qu'il y a eu un meurtre dans ce bois?
- Oui, il y a dix ans. Et depuis, plus personne n'y va. Tout le monde a tort, c'est une chance énorme d'avoir un beau bois en pleine ville. J'y suis même tous les matins. Je ne prends plus la voiture, je me lève plus tôt, je marche quarante minutes le matin et quarante minutes le soir. Je me sens nettement plus équilibrée depuis cette nouvelle routine. C'est important qu'il y ait du passage dans ce bois, justement pour éviter qu'il redevienne dangereux. Il faut d'urgence mettre de nouveaux souvenirs sur de vieux drames!

- Tu as raison, des drames, il y en a tout le temps, partout. Pas seulement dans les bois. Un petit excès de colère, ça peut arriver à tout le monde.
- Tu peux en parler, n'est-ce pas...
- Oui, en effet, on m'a changé de section... Je te remercie de me rappeler avec quels crétins je dois travailler!
- Mais les envoyer à l'hôpital, tout de même...
- Rien à voir avec une véritable atteinte à la vie d'autrui... Un petit règlement de compte, c'est tout... Mais as-tu suivi la disparition de toutes ces femmes, dernièrement?
- Oui, c'est horrible, elles s'échouent sur les plages comme des cétacés. As-tu ta petite hypothèse? Tout le monde semble en avoir...
- C'est évident: la vengeance entre femmes jalouses! Elles veulent mettre hors jeu les plus mignonnes pour avoir plus de chances auprès d'hommes comme moi!
- Tu rigoles?
- À peine! À ton avis, pourquoi sont-elles toutes belles et en robe de soirée?
- Ou alors, il s'agit d'un policier qui en a marre des contraventions dressées aux braves gens qui dépassent un tout petit peu les limites horaires ou kilométriques... Il y a bien toujours des pompiers pyromanes. Tout le monde a envie de sensations fortes. Surtout quand on brûle à petite flemme. En tout cas, je ne prends quasiment plus la voiture, je

me suis rendue compte que la conduite m'énerve inutilement. Maintenant je marche. C'est mon petit grain de sel de sport quotidien. Une vraie soupape même!

- Bravo, c'est ce qu'il faut faire! Profiter des confinements et du couvre-feu, changer pour le mieux, revoir ses priorités et les choses à améliorer. - Tiens, l'autre jour, je me suis levé aux aurores uniquement pour admirer le lever du soleil. On ne peut plus sortir après 18h pour voir le soleil se coucher? Qu'à cela ne tienne, je vais voir le lever!

- La prochaine fois tu m'emmènes!

- Si tu veux, mais on marche loin de l'autre. Les couchers de soleil, je préfère les regarder avec quelqu'un. Les levers, c'est différent, c'est un plaisir solitaire.

- Faut que je voie ça!

- *(Petit silence. Son regard se tourne vers la porte d'entrée.)* C'est gentil d'avoir apporté ton sac de couchage, mais j'avais fait ton lit.

- J'aime bien mon sac de couchage, il ne m'a jamais autant servi, il me donne un sentiment de liberté en plein couvre-feu...

- Oui, si on peut dire quelque chose de l'époque actuelle, c'est que les changements de nos habitudes sont trop radicaux. Si nous ne prenons pas garde, ils finiront par abîmer nos relations sociales... Qu'est-ce qui est le plus dur pour toi en ce moment?

- Le métier qui a changé. Je vois arriver le type de collègue qui va me remplacer plus vite que je ne le souhaite. Avant, il fallait juste se méfier des belles gueules, des beaux parleurs. Maintenant on va droit dans le mur... Que peut devenir une société, l'humanité toute entière, lorsque la connaissance des outils numériques prend le dessus sur les contenus à transmettre? Franchement, que pourraient transmettre des personnes creuses, mais bien connectées?

- *(soupir)*

- Et pour toi? Qu'est-ce qui est le plus dur?

- La même chose... J'ai le même sentiment d'être un vieux schnock. Ma pauvre, ce n'est pas dans le monde du travail que tu vas rencontrer qui que ce soit maintenant.

- De toute façon, ils n'ont même pas encore commencé à faire le moule de l'homme qu'il me faut...

- *(Il soulève les sourcils et pointe ses deux index vers sa poitrine.)* Puisque tu refuses de voir la perfection, même lorsqu'elle est en face de toi!

- *(Elle pousse son verre vide vers le milieu de la table.)* Raconte-moi plutôt quelque chose de drôle. Déjà que tu ne te préoccupes pas de mon verre vide!

- Désolé, je ne sais décidément plus recevoir... *(Il remplit les deux verres.)* Comme s'il y avait quoi que ce soit de drôle à l'époque actuelle... Ah si, j'ai eu un fou-rire dans la rue ce matin. Les gens ont dû me prendre pour un fou, mais qu'est-ce que ça m'a fait du bien! *(Il rit rien qu'à y penser.)*

- Mais raconte!

- Je me promène tranquillement avec mon cabas, c'est l'arme fatale pour un homme de se promener avec un cabas, le jour du marché. Les femmes adorent l'idée qu'un homme fasse les courses et qu'en plus, il achète de bons produits frais de producteurs locaux. Bon moi, évidemment, dans mon cabas, j'ai un carton de vin vide. Pour aller chercher de bonnes petites bouteilles pour la semaine. *(Il mime un carton de vin.)* Tu sais, un carton avec des petits cartons à l'intérieur pour éviter que les bouteilles ne s'entrechoquent...

- Vas-y, prends-moi pour une conne!

- Donc, je me promène tranquillement, je fais semblant de ne pas voir les regards des femmes pour me rendre encore plus intéressant. Et qu'est-ce que je vois pourtant? - Une femme qui a son masque à l'envers! Je te jure, un masque en tissu, on voit quand-même où sont le côté intérieur et le côté extérieur! *(Il sourit jusqu'aux oreilles.)*

- Et?

- C'est tout. J'ai juste pensé que c'est tout de même une drôle d'époque. Moi, c'est ce que je faisais avec mes slips quand je découchais sans avoir apporté de change pour le lendemain... Je mettais le slip à l'envers... Mais tu te rends compte de la stupidité de cette personne! Si jamais le côté droit a servi de barrière, elle venait de se faire sa vaccination!

- *(cynique)* On nous parle de la perte du goût, mais la perte du sens de l'humour, ça compte aussi...
- Comment ça se passe avec Elouan? Vous réussissez à garder votre petit jardin secret dont je suis seul au courant, sans rien dire à personne?
- C'est devenu compliqué depuis que Sterenn est à l'hôpital, il n'est plus le même - pour l'instant. Et pour tout te dire, j'en ai franchement assez de l'orthographe de ses textos. La moitié du temps, je ne comprends pas ce qu'il veut.
- Un exemple!
- Il n'utilise pas de ponctuation. Alors, je me retrouve avec des textos comme celui-ci... *(Elle prend son portable, cherche un peu, puis lui tend l'écran.)*
- *(lit)* « sa vas pas trop dure » - Oh, là, là!
- Mais oui, ça peut tout être entre « Ça va. Pas trop dur. » et « Ça va pas. Trop dur. » Tu vois mieux à qui j'ai à faire?
- Laisse tomber, il faut que tu te trouves quelqu'un de ton niveau! C'est une vraie mésalliance, là! Tu ne veux rien entendre, mais ne crois surtout pas qu'il ne sort qu'avec toi et Sterenn...
- Et toi, tu assumes ta bi-sexualité un peu mieux maintenant?

- Absolument, tout va bien, le polyamour ne fait plus peur à grand monde... Mais à ton tour de me raconter quelque chose de drôle!
- Ce n'est pas vraiment drôle, mais l'autre jour, j'étais sur la plage avec Morgane. Elle venait de me parler de son coup de foudre pour Brieg. Elle n'arrive pas à se le sortir de la tête. Alors même qu'il a été vraiment dur de lui dire « Pour faire un beau couple, il faut être deux! ». Donc, nous sommes tranquillement installées sur la plage et suivons du regard un couple qui allait passer devant nous. Ils s'arrêtent quasiment à notre hauteur. La femme ne cesse de critiquer son homme, en hurlant « Tu ne fais jamais ceci, tu ne peux pas cela, franchement arrête telle chose, telle autre ne te vient même pas à l'esprit! » - Je me rends compte que c'est Brieg avec sa nouvelle conquête! Alors, je dis à voix très haute, « Quel joli couple, Morgane, mais regarde Morgane, quel joli couple! » Morgane a envie de s'enfuir dans le sable, mais Brieg la regarde droit dans les yeux, comme s'il appelait au secours. Bon évidemment, l'autre nous lance, « De quoi j'me mêle! » et elle tire Brieg par la manche en hurlant, « Allez, avance, toi ! »
- Magnifique! Sa belle gueule m'est passée devant trop de fois pour que j'aie pitié de lui. Il a fini par avoir ce qu'il mérite.
- T'inquiète pas, il serait seul à nouveau.
- Jamais longtemps, lui...
- Et Morgane ne t'a jamais intéressé, toi?

- Non. Puis, une hypochondriaque, mal dans sa peau comme elle, n'oserait même pas rêver de sortir avec un homme comme moi!
- Tu es un salaud, mon ami! Mais, tu ne m'as pas répondu très franchement... As-tu vraiment trouvé ton équilibre?
- Pour tout te dire, je ne sais pas ce que je cherche. En même temps, ce n'est pas très grave, parce que je n'ai jamais ce que je veux de toute façon!

## *S'IL FAUT EN FINIR,*
## *QUE CE SOIT EN BEAUTÉ*

(*Une femme en robe de soirée noire et grise, le haut pailleté de strass, sonne à une porte. Une autre femme, en vieux pyjama pilou, avec attèle de cheville et correcteur de posture, ouvre et contemple stupéfaite sa visiteuse de haut en bas.*)

- Oh là, là ! Qu'est-ce que c'est que cette tenue?! Tu es magnifique!
- (*Soupir*)
- Tu vas à une soirée ? Et c'est trop tôt pour t'y rendre? Tu as la chance que je ne sois pas encore couchée, j'ai mal partout, si tu savais...
- Si seulement, si c'était une soirée... Tu crois qu'il y a encore des soirées quelque part, toi? Plus personne n'organise quoi que ce soit, les bars sont fermés depuis tous ces confinements, les boîtes, n'en parlons même pas...
- Tu t'es faite belle pour moi, pour me montrer que je suis trop moche avec mes attèle de cheville et correcteur de posture? Tu vois ce machin? (*Elle enlève avec beaucoup de difficultés son correcteur de posture et le montre comme s'il s'agissait d'un vêtement de grande classe.*) Eh bien, depuis que je le porte tous les soirs, j'ai moins mal au dos. Mais pas encore suffisamment peu mal pour pouvoir me mettre en robe de soirée, comme toi. Puis, avec l'attelle, je

déchirerais les taffetas des jupons de toute façon... *(Elle soulève son pied attelé et manque de tomber.)* Tu t'imagines, j'ai gardé cette attèle depuis la fois où Rozenn m'avait écrasé le pied. Tu te rappelles, le bon vieux temps, où on pouvait aller danser?

- *(Soupir)* Si seulement c'était ça, une belle soirée! Disons que j'avais un projet et que j'en ai décidé autrement: j'ai préféré venir chez toi!

- Je suis touchée. *(Elle porte la main sur son cœur, comme si elle avait des palpitations.)* Viens, assieds-toi et raconte.

*(Elles s'installent sur les deux canapés se faisant face: celle qui porte la robe de soirée, s'assied avec l'élégance d'une odalisque et celle en pyjama, une fois qu'elle a réussi avec difficulté à s'asseoir à cause de tous ses maux, est avachie, balançant le correcteur de posture comme un soutien-gorge.)*

- Je ne dis rien - à moins que tu aies une boisson qui ne jurerait pas avec ma robe... Sinon, je sonne chez une autre copine. Mais franchement, je préfèrerais rester chez toi! Tu es mon amie, les autres ne sont que des copines... Et c'est le couvre-feu!

- Bon, bon, bon. En bonne amie, tu sais très bien que j'ai toujours du champagne à la maison. C'est tellement rare, mais il faut être prêt à arroser le bonheur dignement dès qu'il se présente!

- Il te reste des flûtes, ou tu les as toutes balancées avec tes nouveaux amis russophones?

- Mauvaise langue! Ils sont slovènes, je ne te permets pas... Bien sûr que j'ai encore toutes mes flûtes, mais voilà, voilà - le champagne n'est pas au frais. Je ne pouvais pas deviner que tu allais te planter ici ce soir.
- Me planter, tu ne crois pas si bien dire...
- Mais raconte! - Je meurs d'envie de savoir ce qui se passe...
- Ce n'est pas si simple de commencer à raconter de but en blanc...
- Tu l'auras voulu. En mise en bouche, je te propose ma dernière galère. Plus jamais un propriétaire de chien!
- Ah!
- Je te confie un grand secret, je suis sortie une semaine avec Yannig. Oui, j'avoue, c'est une pure folie de remettre le couvert avec un ex, tout le monde l'affirme. En même temps, cette expérience-là, je ne l'avais encore jamais vécue. Avoue, qu'avec tout le mal que l'on peut dire de Yannig, lui au moins, il est sympathique et cultivé. Ce qui ne peut pas être dit de tous les autres, loin de là! Il y a un début à tout et des couples qui se sont rabibochés, cela c'est déjà vu, non?
- Cela n'a rien d'automatique...
- Tu sais bien qu'il a quatre filles, de trois femmes différentes, qu'il adore, mais maintenant, il a aussi une chienne qu'il appelle « ma puce ». Tu parles, « ma puce »! C'est un de ces énormes

chiens de race allemande. C'est elle, le portait de profil de tous ses comptes, tu peux vérifier si ça te tente. Jamais le moindre mot sur ses filles, il n'y en a que pour sa chienne. Il lui met un manteau rouge carmin plastifié pour qu'elle n'ait pas froid!

- Tu rigoles!
- Hélas, non.
- Détails!
- Cette chienne, elle m'a démoli mes nouvelles sandales et Yannig ne l'a même pas punie! C'est comme si c'était le test pour savoir ce que je pouvais encaisser. Je ne me suis pas énervée. J'ai compris qu'il fallait l'aimer, sa chienne, pour rester avec lui.
- Pourtant, tu as toujours détesté les chiens…
- Oui, et c'est le cas à nouveau! Je ne savais pas où me mettre lors des promenades, parce que mademoiselle était toujours avec nous! Il fallait la surveiller sans relâche. Yannig adore la détacher. Du coup, elle part devant en courant, semant la panique chez les propriétaires de petits chiens. Quand ils la voient débouler, ils prennent systématiquement les chienchiens dans leurs bras de peur qu'elle les croque. Yannig ne fait rien, évidemment. Il fait comme si ni les toutous ni les propriétaires de toutous n'existaient. Sa chienne est de toute évidence un signe extérieur de sa richesse. Après tout, tout le monde ne voit pas avec quelle voiture il se gare, mais la chienne lui sert de vitrine en permanence.

- A part ça, il est végétarien. Avec toute la viande que bouffent ces chiens-là...
- Mais oui, tu es logique. Chose trop demandée à cet homme... En résumé, il en a eu marre de « mes états d'âme », comme il disait. Nous en sommes restés là.
- Ça date de quand, votre tentative?
- Un mois...
- Il doit être décidé de trouver une nouvelle femme, il est de nouveau sur « ramasse un naze », sur « e-choucou » et même sur « réunionic », c'est Lena qui me l'a confié. Il enchaînerait les rendez-vous, plusieurs par semaine. Mais avant ou après de rencontrer une femme, il passe un temps fou, « le temps nécessaire » comme il aurait dit à Lena, sur des applications diverses avec elles, juste pour s'assurer qu'il aura un peu plus que « l'amour à la papa maman ».
- C'est un homme qui est dans la performance, au lit comme dans la vie...
- Tu es déjà morte mille fois avec toutes tes souffrances, ne lui permets pas de te laisser une empreinte!
- Ne t'inquiète pas, c'est tout le contraire, j'ai enfin pu « clôturer » pour de bon.
- Ne perdons pas notre temps avec Yannig alors! Rappelle-toi que le champagne n'est pas au frais. Il faut faire quelque chose!

- Vu ton impatience, je le mets au congélateur, mais il ne faut pas qu'il explose à l'intérieur! Ce serait du gâchis et tu sais bien que je déteste nettoyer.

*(Elle va chercher une bouteille de champagne dans le placard de l'entrée, dans lequel on aperçoit un stock conséquent. Elle le met dans le bac congélateur de son réfrigérateur. Elle revient avec une bouteille de vin blanc et deux verres à vin.)*

- Aussitôt dit, aussitôt fait! Mais comment allons-nous combler le temps jusqu'à ce que nous puissions trinquer? J'imagine que tu ne diras rien sur les raisons de ton accoutrement sans flûte remplie à la main?

- Évidemment!

- Heureusement que je n'ai pas terminé ce petit blanc hier. J'ai fini par comprendre que j'avais mal à la tête le lendemain si je dépasse une certaine dose. Du coup, dès que j'ouvre une bouteille, j'en ai pour deux, trois jours... Mais cette fois, je me fiche de demain matin et je serai même contente d'avoir mal au crâne.

- Comme si tu savais de quoi nous allons parler...

- Tu sais garder le mystère comme aucune autre. Je pense que c'est avec cela que tu finis par tous les attirer vers toi.

- Disons que sinon, il ne se passe rien dans ma vie. Je ne suis pas faite pour vivre seule, tu le sais bien. Mais je ne peux pas tout accepter non plus. Et je me retrouve seule plus vite que je ne le souhaite. Parfois, je mets le paquet juste parce que j'en ai franchement marre. Voilà tout! Mais comme tu ne le sais que trop bien, la plupart du temps, cela ne sert à rien. Prenons le cas de Gireg - au hasard... Il n'a jamais voulu de moi et pourtant, j'en ai abusé de stratagèmes pour lui! - Cette robe ce soir, ce n'est probablement qu'un coup de folie comme un autre...

- Bien sûr, donc, ce n'est pas un sujet qui va combler la longue attente jusqu'à ce que l'on puisse boire le champagne...
- Mais un sujet drôlement intéressant, tu viens de l'énoncer tout à l'heure: le nettoyage!
- Hmm... C'est un sujet, ça ? Pour moi, c'est juste une corvée...
- Tu te rappelles peut-être? Je t'ai parlé de cet homme avec qui j'ai filé le parfait amour...
- Tu parles au passé!
- Hélas, hélas...
- Ce n'est pas vrai, je veux dire, ce n'est pas possible! Tu m'avais bien dit qu'il était gentil, attentionné, drôle, sportif, qu'il ne fumait pas, ne buvait pas plus que toi. Quelqu'un avec qui on pouvait parler de tout et de rien, que c'était même lui qui t'avait parlé de casseroles qu'il traînait et qu'il savait bien que tu en avais aussi, mais qu'il voulait tout recommencer, vous donner une vraie chance à vous deux, parce que tu n'étais pas, et ça je le lui accorde, comme les autres.
- *(Soupir)*

- Ne me dis pas que la vérité a encore eu raison de la théorie!
- Te rappelles-tu aussi que je t'ai parlé du taudis dans lequel il vivait et que j'ai failli faire demi-tour la première fois que je suis allée chez lui? Mais que je m'étais dit, c'est normal, il a dû traverser quelques mauvaises passes, mais maintenant qu'il est avec moi, il va se ressaisir et avoir envie d'arranger son intérieur.
- Bien sûr, vous avez passé beaucoup de soirées chez toi avant qu'il n'ose t'inviter chez lui... Il devait donc savoir qu'il devait se bouger pour te garder. Il devait bien avoir conscience que cet environnement était un vrai choc pour toi. Tu lui as clairement dit que tu ne comprenais pas, juste pour que lui, il comprenne que tout homme merveilleux qu'il était, il vivait dans un logement de grand dépressif et que tu ne saisissais pas ce qui se passait.
- Oh, si les hommes savaient écouter comme toi... C'est aussi pour cette raison que tu es ma meilleure amie, je n'ai pas besoin de tout t'expliquer mille fois. Tu écoutes, tu te concentres en m'écoutant et tu enregistres sur le disque dur. Tu ne m'épuises pas à m'obliger à me répéter! - Donc, quand je lui ai dit gentiment que je ne comprenais pas le monde qu'il y avait entre sa belle personne et son logement insalubre, vraiment, je croyais que le message était passé sans qu'il se vexe et par ce fait même, j'étais confirmée dans mon impression qu'il était extraordinaire. Je lui ai laissé le temps de digérer

et de réfléchir... On continuait à aller chez moi. Vraiment, j'étais persuadée qu'il allait profiter de tout ce temps pour un jour, me préparer un accueil douillet.

- Sauf que tu y es déjà allée une deuxième fois et que ce n'était pas le cas? Il ne s'est pas rendu compte qu'il fallait t'accueillir en princesse?

- Non seulement tu m'écoutes, mais tu analyses! Tu as des dons de voyance...

- Pas tant que ça. Je ne visualise rien. Il faut que tu me décrives la scène.

- Je te plante le décor: il était venu un sacré nombre de fois chez moi, nous dînions ensemble, j'achetais des viandes de qualité, des légumes bio, je me creusais la tête pour cuisiner ce qui pouvait lui plaire, tout était prêt à chaque fois qu'il venait. Il m'est arrivé de sortir les beaux chandeliers. La chambre était accueillante. Je faisais attention à avoir ce qu'il prenait au petit déjeuner.

- Tu en faisais trop, je te le dis.

- Peut-être, mais j'avais besoin de lui montrer à quel point ses visites m'enchantaient. Je pensais qu'il serait touché de mes attentions qui de toute évidence n'ont eu aucun effet...

- Parce que ta deuxième visite...

- J'y vais donc une deuxième fois. Je venais de lui expliquer que j'étais épuisée moralement et nerveusement d'avoir fait la cuisine pour mes enfants et leurs petits amis pendant toutes les vacances. Sur ce, il me propose de venir chez lui une fois de plus. Je me dis youpie, ça va vraiment être romantique et chaleureux, il avait bien dit, « Tu verras, tu pourras mettre les pieds sous la table quand tu seras chez moi! »

- Tu as dû être excitée comme une puce!
- Évidemment, mon prince charmant qui allait accueillir sa princesse!
- Waouh! Là, je visualise bien!
- Ne t'emballe pas...
- Eh, merde...
- Oui, c'était plus sale que la première fois, la table crade, pas mise, on ne savait pas quoi manger. Pour le coup, j'ai mis les pieds dans la cuisine, ce que je n'avais pas fait lors de mon premier passage. L'évier était rempli de casseroles et poêles sales et en très mauvais état. Je te parle de produits téfal grattés à la fourchette, je veux dire, le genre d'usé que tu balances à la déchèterie parce que tu sais que ça te file plusieurs cancers. Il m'avait bien parlé de casseroles qu'on traînait tous les deux et que ce ne serait pas facile, mais qu'il voulait vraiment y arriver avec moi. Mais quand j'ai vu ces casseroles empilées, encrassées dans l'évier - chez moi, il n'y a pas de casseroles comme ça! Puis, des assiettes ébréchées, des couverts crasseux...
- Arrête.
- Non, tu n'as pas encore le tableau complet: à un moment, je renverse un verre de mousseux - alors

que chez moi, on était au champagne - sans faire exprès et il va chercher une serpillière qui croupissait dans sa moisissure à côté de la poubelle pour essuyer la table.
- Non!
- Si!
- Tu es partie en courant!
- Mais, non! Je ne pouvais même pas! C'était le couvre-feu à vingt heures! Rappelle-toi!
- Merde...
- Donc, tu as passé la nuit chez lui...
- Évidemment... *(Énorme soupir suivi d'une grande gorgée de vin blanc.)*
- Ce n'était pas bien?
- Si, très bien même, comme à chaque fois. Si le sol n'avait pas été jonché de chaussettes sales et le fond du lit de slips que je n'ai pas regardés de près. Si les draps n'avaient pas été poisseux et que je puisse dormir d'une traite jusqu'à six heures du matin, la fin du couvre-feu...
- LE CHAMPAGNE! *(Elle va chercher le champagne en courant, manquant de s'étaler. Elle revient avec le champagne et deux flûtes.)*
- Parfait, pile ce qu'il me faut!
- Tu veux bien l'ouvrir? Je crois qu'on en a pour un petit moment. Pendant ce temps, je mets un autre au frais. *(Elle va chercher une autre bouteille dans le placard qu'elle met dans le*

*réfrigérateur. Lorsqu'elle revient s'installer dans le canapé, son amie vient d'ouvrir le champagne et le sert en silence.)*

- Aux princes charmants à venir!
- Aux amies les attendant!

*(Silence très long où les deux amies ne font que regarder leurs flûtes respectives et déguster langoureusement le champagne. Elles se remplissent un deuxième verre.)*

- *(Soupir)*
- Je ne comprends toujours pas pourquoi tu continues à te faire aussi belle pour un type comme ça...
- Ce n'est pas chez lui que j'allais ce soir... J'y étais la nuit dernière! Plus jamais je n'irai chez lui. Par ailleurs, plus jamais je ne me consolerai auprès de quelqu'un pendant des années faute de pouvoir avoir quelqu'un de parfait. Même si on me tourne autour pendant des années comme Mael. - D'ailleurs, je peux vraiment dormir chez toi? Ce couvre-feu va avoir raison de ma santé mentale...
- Bien évidemment que tu dors ici, la question ne se posait même pas!
- Merci.
- Faut-il que je te rappelle que le champagne est servi et déjà bien entamé - tu vas enfin m'élucider le mystère?

- Tu te souviens de ces deux femmes, retrouvées très abîmées sur les plages? Mais magnifiques dans leurs robes de soirée?
- Bien sûr, tout le monde n'a parlé que de ça! Et tu connais la dernière? Il semblerait qu'une autre femme, une certaine Klervi serait introuvable. Je me demande si ce n'est pas la bombe qui a fait un remplacement dans notre boîte récemment...
- Oh, non, pas elle!
- Ce n'est que des rumeurs. Mais on dirait bien que toi, tu t'apprêtes à être la troisième victime, habillée comme tu es!
- Tu ne crois pas si bien dire, c'est hier dans la nuit que j'ai pu comprendre le mystère du malheur de ces deux victimes. La fameuse nuit foireuse...
- Pardon? Tu joues les détectives maintenant?
- Disons que la nuit porte conseil... A mon avis, c'est comme les gens qui se jettent sur les rails. Dès qu'il y a un « incident personnel », tu peux être sûre qu'un autre se jette sur les rails à la gare suivante. Les gens se plaignent des retards des trains, alors qu'ils sont à l'heure comme dans peu de pays! Et on commence à faire confiance aux voyageurs, on ne dit plus « incident technique » pour enjoliver un suicide.
- Sauf que les filles en question, elles n'ont pas été sous les trains...
- Bien sûr que non. Mais c'est la même chose. Exactement la même chose. Et c'est sur le coup de 5h35 que j'ai compris le désespoir de ces deux

femmes. Je me sentais tellement misérable dans ces draps sales avec un bel homme qui dormait à poings fermés à mes côtés que je voulais mourir. Je me sentais minable de ne pas mériter meilleur accueil. Je t'assure, moi qui pète la vie, comme tu dis si souvent, je voulais en finir - une bonne fois pour toutes. Je ne savais pas si c'était le fait que de toute ma vie, on ne m'avait témoigné d'aussi peu de respect, d'humanité même.

- Ne dis pas ça.
- Puis, j'ai repensé à mes quinze ans. Ils venaient de construire cet énorme pont d'autoroute qui allait enjamber une petite vallée toute mignonne. Tout ce que j'ai pensé en voyant l'ouvrage terminé, c'était: c'est ici que tout va se terminer! Aujourd'hui, je me dis qu'absolument tout le monde devait penser la même chose. Les rails, les ponts, les étendues d'eau. Lorsque tu ne vas pas bien, ces choses-là ont une attraction folle.
- Je ne veux plus que tu t'approches de la mer!
- Cause toujours. Dans tous les cas, à l'époque tout était compliqué: j'ai dû aller à un arrêt de bus autre que celui que je prenais pour aller au lycée, j'ai noté les horaires des bus qui se rendaient dans les lieux-dits aux alentours du pont. Pas facile tout ça, avant internet. Tu penses bien qu'il n'y avait pas d'arrêt spécial pour candidats suicidaires. Je peux te dire, vu la hauteur du pont, je ne me serais pas loupée. Sauf que le prof d'anglais venait de nous rendre la petite dissertation et qu'il a fait des louanges sur mon

travail devant toute la classe. Si j'y pense, au collège, on écrivait encore des dissertations en anglais, alors que maintenant, les bacheliers répondent à des QCM... Donc, je me disais, attends un peu quand-même, savoure un peu cette superbe note d'un prof qui saquait en général. Sauf que pendant ce temps, deux personnes venaient de me voler la vedette. J'ai toujours cherché l'originalité, et là, je n'allais pas me jeter du même pont! J'ai vainement cherché un endroit aussi exceptionnel et j'ai fini par abandonner le projet.

- Alors qu'aujourd'hui tu voulais faire comme les deux autres femmes?

- C'est dire l'état de désespoir! - Toute la nuit une seule question me taraudait: Pourquoi seulement dois-je encaisser ce que je n'infligerais à personne? - Et si ce n'était même pas à cause de lui particulièrement, mais juste le cumul de je ne saurai même pas te dire de quoi?

- Pour le coup, je vois très bien de quoi tu parles... Si je pense à tous les hommes qui voulaient que l'on s'envoie des sextos! Non, mais! Ils pensent vraiment tous qu'une agrégée de philosophie allait être leur fille du téléphone rose - gratuitement!

- Sans blague! Pourquoi faut-il toujours qu'on s'adapte à eux? Que l'on s'arrange avec tout, y compris avec ce qui nous est vraiment trop demander? Regarde ce qui s'est passé hier soir: il s'agissait d'un début d'histoire d'amour là... Il devait encore être dans ses petits souliers à ne pas savoir de quelle façon me faire plaisir. Il s'aimait vraiment aussi peu lui-même? Il n'avait même pas envie de se sentir bien chez lui? Et moi dans toute cette crasse? J'étais censée ramasser son linge sale, lui nettoyer tout l'appartement, pendant qu'il allait courir, nager, faire du vélo? Moi aussi je préfère me défouler dehors! Je dois maintenir toute une maison et lui ne tient pas son petit appartement? Qu'est-ce que ça allait donner plus tard, si ça commençait aussi mal? Je n'aime pas ça non plus, moi, le ménage, mais je le fais: pour les enfants, pour les gens qui passent et surtout pour moi. L'intérieur de nos maisons est à notre image. J'ai déjà vu des intérieurs d'obsessionnels, de créatifs, de pervers. Souvent je fais juste le minimum chez moi, mais je le fais, au moins, pour que ce soit propre. Vu ce qu'on se chope déjà à l'extérieur comme maladies, qu'on se mette à l'abri lorsqu'on est chez soi. Ou peut-être que ce n'était pas si grave, si ça collait au lit quand-même? Ou c'était juste l'accumulation de toutes ces tentatives d'histoire d'amour qui ne donnaient rien qui m'ont fait paniquer? Qu'est-ce que j'en sais?

- Certes, mais s'il tient vraiment à toi, il comprendra qu'il faut qu'il fasse des efforts, qu'il se donne les moyens de te reconquérir et de te garder.

- Tu parles... Dès neuf heures, j'ai eu un long SMS massacrant que tout était fini, qu'il était déjà passé à autre chose. J'étais plus à plaindre que lui etc.

- Il avait tellement l'air différent pourtant...
- Puis, ce n'est pas seulement dans les paroles qu'il faut être gentil, mais il faut aussi l'être dans les actes - à mon avis. Et regarde-moi! Je ne trouverai jamais personne qui me correspond! Comment aussi ai-je pu être amoureuse de Brieg! Je dois t'avouer qu'il hante toujours mes rêves... C'est toujours ce satané problème de réciprocité! Est-ce que je suis avec un homme qui m'aime et que je puisse aimer en retour ce soir même ou avec toi? Tu penses que quiconque a envie de me faire plaisir?
- Mais si, mais si! Il faut garder espoir. Il le faut! *(Elle court serrer son amie, la serre très fort et longtemps en silence.)*
- *(Soupir)* En tout cas, arrivée chez moi à six heures trente ce matin, j'étais sûre de ne jamais me remettre de cette nuit, tout ce que je voulais c'était en finir pour de bon. - Après une bonne douche!
- *(Elle se met à pouffer de rire.)* Après une bonne douche! Tu n'étais pas sérieusement décidée à en finir... Tu sais à quoi on reconnait les grands dépressifs? Ils ne sont même plus capables de se brosser les dents - et toi qui avais envie d'une douche!
- *(Soupir)*

- Ne te laisse pas abimer par un homme aussi peu attentif à toi. Il est stupide de préférer passer à côté de quelqu'un comme toi!

- Donc, six heures pétantes, la fin du couvre-feu - je rentre. Je prends un bon bain super chaud qui sent bon que je puisse me sentir propre et me mettre à réfléchir. À partir de là, tout se passe en pilotage automatique: je vide le placard et je tombe sur cette merveille! *(Elle étire le tissu de sa robe, la caresse.)* Cette merveille que j'avais oubliée et jamais portée - faute d'occasions et d'invitations suffisamment élégantes. Je la mets juste pour m'assurer qu'elle me va encore. Elle me va comme un gant. J'allais en finir, alors, autant finir en beauté. À qui voudrais-tu que je la laisse? À mes filles qui m'engueulent en permanence pour tout ce que j'aurais toujours mal fait? N'est-ce pas étonnant aussi? Je me trouvais vraiment belle dans cette robe... En me regardant droit dans les yeux du grand miroir, je me demandais combien de fois quelqu'un m'avait dit que j'étais belle. Je dû me rendre à l'évidence que j'ai pu être qualifiée de mignonne, ravissante, pas mal - jamais belle. Toujours est-il, habillée de ma belle robe, je vais en cuisine et je ne mange que ce qui est vraiment bon. Le foie gras, le saumon fumé, les bons petits fromages. Pour une seule fois de ma vie, je ne regarde pas les dates de péremption, je ne me soucie pas de ce qu'il fallait garder pour plus tard et de ce qui était à manger en premier. C'était mon dernier repas, il n'y en aurait pas d'autres.

- Oh là là!
- Sur le coup de quatorze heures trente, je prends la voiture, toujours en robe de soirée. Je vais à la plage la plus longue de tout le pays et pense: si personne ne me dit le moindre mot gentil, ne serait-ce que d'étonnement de me voir aussi élégante sur la plage, je ne me jetterais pas à la mer, j'y entrerais tranquillement, je nagerais tranquillement, aussi loin que je pourrais vers le large et ce serait à la mer de décider, par des vagues trop hautes, quand cela suffirait: mes forces déclineraient face à elle. Je serais suffisamment loin pour échouer n'importe où, j'aurais été abimée par les rochers au point que personne ne saurait si on m'avait mal menée, mais dans le doute, il y aurait une enquête. Ce serait mon dernier coup de théâtre.
- Oh, non!
- Si, je t'assure! Sur le coup de 19h30, j'en avais déjà vu, des gens à passer à côté de moi, des couples, des familles, des hommes ou femmes seuls. Je te jure, je n'en revenais pas! Ils préfèrent tous chasser sur des sites de rencontre et ne saisissent pas une occasion toute faite pour aborder quelqu'un. Pas la moindre fantaisie. - J'ai pensé à la fois, il y a une quinzaine d'années, quand un tout jeune homme m'avait dit dans la rue tout simplement, « Que vous êtes belle en bleu! » C'était tout, on s'était regardé dans les yeux, grands sourires aux lèvres et on passait notre chemin. C'était tellement facile de se recharger les batteries les uns les autres, juste

comme ça. Et là, j'étais en robe de soirée en plein jour, les autres en vêtements de sport ridicules, et ça ne leur inspirait rien?!

- Pas imaginable, en effet... *(Elle partage le reste de la bouteille. Elles dégustent les dernières gorgées.)*

- Je me demande encore comment j'ai trouvé les forces pour être ici sur ce canapé et pas au large...

- C'est donc ça, la raison pour laquelle tu te plantes ici à cinq minutes du début du couvre-feu en robe de soirée!

- Eh oui, voilà, le mystère. En tout cas, je peux te dire que j'ai une admiration profonde pour les deux femmes qui ont tenu bon. Surtout pour la petite jeune qui n'a pas pu s'en sortir. Elle avait raison, il lui fallait une autre vie pour recommencer, vu comment c'était mal engagé...

- Tu dis ça, mais tu ne m'as pas empêchée de mettre une autre bouteille de champagne au frais. Je vais la chercher, tiens. Tout en remettant une autre au frais et ainsi de suite - jusqu'à ce que tu aies oublié ton petit projet. Attends juste un tout petit peu que je mette ma robe longue en velours noir. Parce que là, telles que l'on est, on est un peu dépareillées!

FIN

*Dialogues*

1. Une rencontre invraisemblable

2. Comme des poissons dans l'eau

3. Âmes sensibles qui s'abstiennent

4. Pour ne plus former qu'un

5. La mémoire qui flanche

6. Vains regrets

7. Ô, la belle histoire

8. Tout se discute, même l'art et les manières

9. De la perfection d'un crime

10. Par amour de la danse

11. Du bonheur, presque trop

12. Le grand changement

13. S'il faut en finir, que ce soit en beauté

***Personnages***

Aodren
Awena
Brieg
Denez
Edern
Elouan
Enora
Fanch
Gael
Gaidig
Gireg
Gwendoline
Jakez
Katell
Klervi
Lena
Loig
Mael
Morgane
Nolwenn
Ronan
Rozenn
Soizig
Solenn
Sterenn
Yannig